I. DIGAS   Gleich und Gleich bestraft sich gerne

I. DIGAS ist das Pseudonym eines deutschen Autors, der seit seinem 18. Lebensjahr das Spanking liebt und es auslebt.

I. DIGAS

Gleich und Gleich bestraft sich gerne

Spankinggeschichten F/F und M/M

Herstellung und Verlag: BoD – Books on Demand, Norderstedt

Printed in Germany

ISBN 978-3-7543-1473-9

Titelfoto: I. DIGAS

Inhaltsverzeichnis

Vorwort

In der Welt des Spanking gibt es ganz unterschiedliche Paarkonstellationen. Während man in der Literatur jedoch fast nur heterosexuelle Paare findet, kann man im realen Leben auch gleichgeschlechtliche Verbindungen antreffen. Diesen Paaren ist der vorliegende Band gewidmet, in dem Frauen von Frauen und Männern von Männern das Hinterteil versohlt wird. Natürlich kommt es auch zu anderen erotischen Handlungen, denn letztlich ist das Spanking eine von vielen Varianten der menschlichen Lust.

Natürlich sind alle in den vorliegenden Geschichten konzipierten Personen über achtzehn Jahre als und ebenso selbstverständlich beruhen alle Aktivitäten auf gegenseitigem Einvernehmen. Dieser Konsens wird von Außenstehenden zwar oftmals übersehen, er ist dennoch vorhanden.

Aber nun genug der Vorrede. Ich wünsche allen Leserinnen und Lesern viel Vergnügen bei der Lektüre der Geschichten!

Mit besten Grüßen
I. DIGAS

F/F-Geschichten

Das besondere Liebesspiel

Karin und Monika kannten sich schon von Kindesbeinen an. Als Nachbarskinder aufgewachsen, durchlebten sie die Zeit im Kindergarten und alle Höhen und Tiefen der Schulzeit gemeinsam. Sehr früh schon hatten sie Freundschaft geschlossen und waren beinahe unzertrennlich. Eben beste Freundinnen für immer.

Zudem hatten die beiden sehr schnell festgestellt, dass sie die gleichen Interessen und Hobbys hatten, sodass es niemanden verwunderte, als die beiden nach dem Abitur den gleichen Studiengang wählten. Sie wurden von derselben Universität angenommen und suchten sich eine gemeinsame Wohnung. Zu zweit fiel ihnen das leichter, weil sie sich die Kosten teilen konnten.

Aber die beiden teilten noch viel mehr, als sich ihre Familien vorstellen konnten. Mit Beginn der Pubertät entwickelten sie nämlich Gefühle und erlebten die erste Liebe, aber anders als in den Vorstellungen ihrer Eltern nicht mit Jungen, sondern miteinander. Ihre lesbische Neigung behielten sie für sich aus Sorge vor dummen Sprüchen seitens ihrer Klassenkameraden, aber auch aus Angst vor den Reaktionen ihrer Familien. Zwar wunderten sich alle, dass die beiden sehr gut aussehenden jungen Frauen keinen Freund hatten, aber sie begründeten es zunächst mit Lerneifer, um von einer guten Universität in ihrem Wunschstudiengang genommen zu werden, später dann mit dem Streben nach einem guten Abschluss. Das

leuchtete allen ein, und wenn sich doch ein junger Mann auf-
schwang, einer von beiden seine Liebe zu gestehen, erhielt er
freundlich, aber bestimmt einen Korb.

Inzwischen hatten die beiden Freundinnen das zweite Se-
mester abgeschlossen und genossen die vorlesungsfreie Zeit.
Sie hatten sich zu einer kleinen Reise entschlossen und ein
Ferienhaus in Dänemark gebucht. Dort angekommen, machten sie sich rasch mit der Umgebung vertraut und genossen
den Sand, den Sonnenschein und die Ruhe. Die Ferienhäuser
lagen hier ziemlich weit auseinander, sodass man seine
Nachbarn weder sehen noch hören konnte. Das kam den beiden entgegen, denn neben ihrer Liebe verband sie auch die
Freude am Spanking, und genau deshalb hatten sie dieses
Ferienhaus gebucht.

Nun befanden sie sich am Strand. Selbst tagsüber war hier
niemand zu sehen. Die Nachbarn schienen Ausflüge in die
Umgebung zu machen, sodass die beiden ganz allein auf
weiter Flur waren.

Nachdem sie einige Zeit im Wasser geschwommen waren,
sonnten sie sich auf ihren mitgebrachten Decken. Dann lagen
sie einige Zeit still nebeneinander, bevor sie sich zu einem
Strandspaziergang aufmachten. Sie entfernten sich dabei vom
Wasser und gingen Richtung Dünen, wo hohes Strandgras zu
sehen war. Während sie Hand in Hand dahin schritten, überkam Karin die Lust auf ihre Freundin. Noch bevor sie die Düne
erreicht hatten, beugte sie sich zu Monika hinüber und drückte

ihrer Freundin einen herzhaften Kuss auf die Wange. Sofort verzog sich das Gesicht ihrer Liebsten zu einem Lächeln.

„Das war lieb, Karin, aber wie wäre es damit" – bei diesen Worten ergriff sie Karins Kopf und schnell, aber zärtlich drückte sie ihre Lippen auf den Mund ihrer Geliebten. Es folgte ein langer und hingebungsvoller Kuss, den Karin leidenschaftlich erwiderte. Als Monikas Zunge Einlass in ihren Mund begehrte, gab sie dem Drängen sofort nach und öffnete erwartungsvoll ihren Mund. Sofort stieß Monikas Zunge hinein, und in den nächsten Minuten liebkosten und umspielten sich ihre Zungen. Während sie sich gegenseitig den Kopf kraulten, genossen sie das gemeinsame wilde Zungenspiel.

Nach wunderschönen Minuten des Züngelns ging Monika in die Offensive und griff sich eine von Karins Brüsten. Sofort begann sie, die Brustwarze mit Streicheln, Zwirbelnd und Zwicken zu necken: Während die Zungen der beiden Frauen wild umeinander tanzten und sie sich gegenseitig die Köpfe streichelten, spürte Karin das sanfte Streicheln ihres Nippels, immer wieder abgelöst von heftigem Zwirbeln oder kräftigem Ziehen. Lustwogen rasten durch ihren Körper, und schon spürte sie, wie erst ihr Schlitz und dann das dünne Bikinihöschen ganz feucht wurden. Die Lust erhitzte ihren Körper, dass sie darin zu vergehen drohte.

Plötzlich bemerkte Karin, wie Monikas Hände ihre Brust und ihren Kopf losließen, und während die Zunge weiter im Mund ihrer Freundin tanzte, spüre Karin die Hand ihrer Partnerin an ihrem Höschen. Langsam legte sie sich auf den Schritt, und nur eine hauchdünne Stoffschicht trennte Karins kochenden Schlitz von Monikas Fingern. Während die Lippen der beiden Frauen für einen lang anhaltenden Kuss aufeinander gepresst waren, konnte Karin spüren, wie Monikas Hände den Stoff des knappen Bikinihöschens beiseite schoben. Als zwei Finger in die kochende Lustgrotte eindrangen, stöhnte Karin vor Lust und Verlangen kurz auf. Gleich darauf noch einmal, denn Monikas andere Hand war pfeilschnell zum Po der Geliebten gewandert und umfasste ihn fest, wobei ihr Mittelfinger in der Kerbe lag und sanften Druck auf Karins Hintereingang ausübte.

Von zwei Seiten dem Liebesspiel der Finger ausgesetzt, wurde Karins Verlangen immer größer und ihr Stöhnen lauter. Längst schon war sie in ihrer Lust gefangen und ihr Wahrnehmungsvermögen von einem Nebel umhüllt, sodass sie nicht mehr realisierte, dass sie sich an einem öffentlichen Strand befanden. Zu ihrem Glück ließ sich aber noch immer keine Menschenseele blicken.

Derweil hatten Monikas Finger im nassen Schlitz ihrer Freundin deren Lustperle gefunden, die sie sofort hingebungsvoll bearbeitete. Karins Stöhnen wurde immer heftiger und lauter, bevor es in ein heftiges Hecheln überging. Monika zog alle Register: Mal kraulte sie die kleine Liebesperle, mal übte sie sanften Druck darauf aus. Während der ganzen Zeit massierte sie mit der anderen Hand Karins Pobacken, und manchmal befingerte sie ganz besonders intensiv das Poloch.

14

Die Wogen der Lust wurden nun noch heftiger, Karins Stöhnen steigerte sich zu spitzen Schreien – und dann durchflutete ein heftiger Orgasmus ihren Körper!

Monika hielt inne und wartete ab, bis Karins Lustwellen langsam abebbten. Kaum wurde sie aber ruhiger, bearbeiteten ihre Finger erneut den Schlitz und die Lustperle ihrer Geliebten. Karin kam dieses Mal noch schneller auf Touren, und so dauerte es nur halb so lange, bis ihr Lustgeheul erneut über die Weite des Strandes schallte und Ihr Muschisaft aus dem Schlitz hervor schoss. Karins rosafarbenes Bikinihöschen war mittlerweile im Schritt völlig durchnässt, sodass ihr der Geilsaft bereits langsam an den Beinen herunter lief. Ihre Beine zitterten heftig und sie konnte sich nur mit Mühe darauf halten, so heftig war es ihr gekommen.

Doch wenn sie dachte, dass Monika nun genug haben würde, hatte sie sich getäuscht. Ihre Freundin dachte noch lange nicht daran, es bei der gerade erlebten Ekstase zu belassen, zu sehr spürte sie das in Karin noch immer lichterloh brennende Feuer der Lust. Während Karin noch ganz verträumt vom letzten Orgasmus war, entkleidete Monika schnell und geschickt ihre Geliebte. Kaum stand diese im Evaskostüm vor ihr, versenkte ihre Freundin die Finger schon wieder in ihrem Schlitz. Dieses Mal steckte sie aber nicht nur zwei Finger in die nasse Lustgrotte, sondern sie versenkte zudem noch den Mittelfinger der anderen Hand tief in Karins Poloch. Nach wenigen raschen Bewegungen verschwand die Welt erneut rings um Karin. Monika bemerkte das und beeilte sich, die Lustperle zu finden. Schnell war der Lustknopf wieder gefunden, und nun fingerte sie gleichzeitig in den beiden Wonnelöchern herum. Immer heftiger wurde das Spiel mit dem Knopf tief in Karins Schlitz, während Monika gleichzeitig sehr gekonnt das Poloch immer wilder mit dem anderen Finger bumste. Jedes gefüllte Loch wäre einzeln schon eine Offenbarung, aber zwei gestopfte Löcher waren das Größte! Mit heftigen Zuckungen explodierte Karins Unterleib und die zitternden Beine versagten nun endgültig ihren Dienst. Monika hatte das vorausgesehen und stützte ihre Geliebte sofort ab. Dann bettete sie Karin sanft auf den warmen Sand und gönnte ihr eine kurze Pause.

Während sich Karin nach der erlebten Ekstase kurz erholte, entledigte sich Monika nun ebenfalls ihres knappen Bikinis. Das rote Höschen wies im Schritt einen verräterischen feuchten Fleck auf, der belegte, dass die erotischen Handlungen auch in ihrem Inneren sehr viel ausgelöst hatten.

Nachdem sich Karin etwas erholt hatte, kniete sich Monika über sie. Liebevoll flüsterte sie ihr zu: „Jetzt wird es Zeit, dass du dich revanchierst, nicht wahr, mein Schatz?"

Karin nickte voller Vorfreude, denn sie wusste, was jetzt kommen würde. Tatsächlich schob Monika bereits ihren Unterleib auf Karins Gesicht, sodass sich ihr Schlitz nun genau über Karins Mund befand. Sofort begann diese, das Lustloch ihrer Partnerin hingebungsvoll und beinahe demütig zu küssen. Erst ganz sanft, dann langsam fordernd. Als sich Liebestropfen an den Schamlippen bildeten, leckte sie diese mit ihrer Zunge zärtlich ab. Anschließend saugte sie an den Schamlippen ihrer

Freundin, die sie zudem zwischendurch immer wieder wild und fordernd küsste.

„Steck sie rein", hörte sie Monika stöhnen. Sofort begriff sie, ließ die Zunge aus dem Rachen schießen, teilte die Schamlippen und drang in den heißen Schlitz ein. Unglaubliche Hitze und große Feuchtigkeit begegneten ihr. Das Züngeln entlockte Monika Lustschreie, die nur gedämpft bei Karin ankamen, weil ihr Kopf fest von den Knien ihrer Geliebten eingeklemmt war. Ihre Zunge tanzte in der Lustgrotte Samba, aber hin und wieder unterbrach sie dieses Spiel, um den Schlitz zu küssen und die Schamlippen zu saugen. Züngeln, saugen, küssen, Saft schlecken – wieder und wieder lief dieser Vorgang ab.

„Nicht du entscheidest, wann es genug ist, sondern ich bestimme, wann du aufhören darfst", hatte Monika ihr gleich zu Beginn ihrer Beziehung erklärt. Und es dauerte lange, bis Monikas Glut gelöscht war!

Doch endlich war es soweit, und ihre unersättliche Gier nach Karins Oralsex war gestillt. Als sie sich vom Gesicht ihres Lieblings erhob, war es über und über mit Geilsaft verschmiert.

„Nicht abwischen, bevor ich es dir erlaube!", raunte Monika ihrer Geliebten zu. Diese kannte die Regel nur zu gut und widerstand dem ersten Impuls, sich den Nektar abzuwischen.

Erschöpft sanken die beiden nebeneinander in den Sand. Lange lagen sie mit geschlossenen Augen einfach da und lauschten auf den inneren Nachhall der eben erlebten Lust. Es dauerte recht lange, bis sie wieder in der Realität ankamen.

Kaum wieder im Hier und Jetzt angekommen, verspürte Monika schon wieder Lust auf ihre Freundin.

„Leg dich auf den Rücken und spreiz die Beine, mein Schatz", bat sie.

Sofort gehorchte Karin. Kaum hatte sie die angewiesene Position eingenommen, kuschelte sich Monika an sie an. Wie zufällig legte sie dabei ihre rechte Hand genau auf Karins nackten und noch immer vom Liebestau feucht glänzenden Schlitz, den sie liebevoll kraulte. Sofort erwachte in der Berührten die Lust, was ihrer Freundin natürlich nicht entging. Noch bevor Karin jedoch um einen Liebesakt betteln konnte, steckten Monikas Finger schon wieder tief in ihrem Schlitz und fingerten sie zu einem weiteren Höhepunkt. Aber anstatt nach dem Ausbruch des Höhepunkts aufzuhören, machte Monika ohne Unterbrechung weiter.

Als sie keinerlei Anstalten machte aufzuhören, begann Karin theatralisch zu betteln: „Bitte, das reicht jetzt, ich bin schon ganz wund! Bitte, bitte hör auf!"

„Du wagst es, mir zu widersprechen? Jetzt erst recht!", war die lapidare Antwort. Monika wusste, dass Karin noch lange nicht erschöpft war, aber das Betteln war Teil von ihrem Spiel und stellte den Auftakt für den zweiten Teil dar. Mit diesem Wissen bescherte sie ihrer Freundin zwei weitere Höhepunkte, bevor sie ihre Finger aus dem kochenden Schlitz zog.

Nach einer kurzen Pause, in der Karin wieder Atem schöpfen konnte, wurde sie von Monika rüde am Arm gepackt und in das nahe Ferienhaus gezogen.

„Du hast mir zu widersprechen gewagt und um ein Ende unseres Spiels gebeten!", polterte Monika dort los, „Das war sehr ungezogen von dir, dafür werde ich dir den Hintern versohlen!"

„Oh, bitte nicht, das war doch nicht so gemeint!"

„Halt den Mund und ab übers Knie!"

Monika hatte in der Zwischenzeit Platz auf einem Stuhl genommen und klopfte einladend auf ihre Schenkel.

Mit gespieltem Zögern gehorchte Karin. Das fiel ihr nicht leicht, denn am liebsten hätte sie sich so schnell wie möglich übergelegt, weil sie es nicht erwarten konnte, endlich den Popo ausgeklatscht zu bekommen.

Als sie die angewiesene Stellung einnahm, platzierte sie ihr Geschlecht genau über dem von Monika. Da die beiden Frauen vollständig nackt waren, entzündete die einfache Berührung ihrer Genitalien in beiden sofort ein gewaltiges Feuer der Lust. Schon begannen bei beiden die ersten Saftfäden zu fließen, aber gleichzeitig ließ Monika ihre Hand sanft auf Karins nacktes Gesäß klatschen. Es tat nicht wirklich weh, aber nackt über den Knien einer anderen Frau zu liegen und wie ein kleines Mädchen verhauen zu werden, faszinierte die junge Frau ungemein, sodass es ihr nicht auf die Intensität der Schläge ankam. Diese, das wusste sie aus Erfahrung, würde ohnehin im Laufe ihres Spiels deutlich zunehmen. Die jetzige Maßnahme war nur die Einführung, die Ouvertüre für den Beginn ihres Spankingspiels. Das Wissen um den weiteren Verlauf verfehlte nicht seine Wirkung: Karins Brustwarzen hatten sich schnell aufgerichtet und waren dabei steinhart geworden. Noch härter als vorhin, als sie auf ‚normale' Weise von ihrer Freundin genommen worden war.

Aber jetzt hatte der zweite Teil ihres erotischen Spiels begonnen und sie lag nackt über den Knien ihrer gleichfalls nackten Freundin. Wieder und wieder ließ Monika ihre Hand niedersausen, und schon nach kurzer Zeit überzog Karins Gesäß eine leichte Röte. Doch Monika ließ es sich nehmen, zwischendrin immer wieder mit dem Schlagen aufzuhören und kleine Pausen zu machen. Allerdings gestand sie Karin keine reine Erholungspause zu, sondern streichelte mit ihrer Hand zärtlich über die Erziehungsfläche. Manchmal spielte sie auch an Karins Poloch herum oder ließ ihre Hand zwischen ihre Beine gleiten, wo sie die Schamlippen ihrer Geliebten zwirbelte oder mehrere Finger in den längst schon wieder nassen Schlitz steckte. Mit zunehmender Dauer dieser Behandlung rötete sich nicht nur Karins Gesäß mehr und mehr, sondern auch ihr Lustloch glühte vor Hitze. Es war nicht zu sagen, welcher Körperteil mehr erhitzt war. Zudem floss beim Überlaufen von Karins Schlitz ein Teil des Saftes auf Monikas Beine, wo er geruhsam nach unten lief. Monika, in der beim Anblick von Karins nacktem Gesäß bereits die Wolllust aufgestiegen war, wurde es durch das Austeilen der Hiebe, dem Spüren des Geilsaftes an ihren Beinen und Karins immer lauter werden Lustschreien immer heißer.

„Mehr, bitte mehr", wimmerte Karin. Sie wollte endlich in die nächste Phase ihres Spiels aufsteigen, doch Monika ließ sie noch zappeln.

„Dein Po ist nur leicht gerötet, das reicht mir nicht – ich will, dass dein Hintern richtig hübsch Rot ist!"

Nach diesen Worten steigerte Monika langsam, aber stetig die Intensität der Schläge. Diese wurden damit zunehmend schmerzhafter, genau wie die Griffe zwischen Karins Beine. Denn natürlich ließ es sich ihre Freundin auch jetzt nicht nehmen, immer wieder ihre Finger in Karins Schlitz zu stecken und deren Lust dadurch noch mehr anzuheizen. Entsprechend fiel die Reaktion aus: Immer unruhiger und wilder wand sich Karin auf Monikas Beinen hin und her, aber der eiserne Griff ihrer Freundin verhinderte ein Abrutschen.

Monika spürte die grenzenlose Ekstase ihrer Geliebten. Sie wusste, was Karin in diesem Zustand mehr als alles andere auf der Welt begehrte. Also hatte sie ein Einsehen und intensivierte das Versohlen. Jetzt klatschten harte Hiebe auf den nackten Po ihres Spankee. Karin fing an, immer lauter zu jammern, aber Monika kannte keine Gnade. Solange das vereinbarte Codewort nicht fiel, würde sie die Behandlung fortsetzen. Da Karin die Hiebe aber viel zu sehr genoss und deshalb nicht daran dachte, das Sicherheitswort zu benutzen, wurde sie mit der Hand nach Strich und Faden verhauen.

Schließlich reichte es Monika. Sie hörte mit dem Versohlen auf und schob Karin gespielt unsanft von ihren Beinen.

Kaum lag Karin zu ihren Füßen, kommandierte sie: „Ab in die Ecke!"

Sofort beeilte sich die Angesprochene dem Befehl nachzukommen. Während sie mit dem Gesicht zur Wand stand und ihre Hände wie üblich auf den Kopf legte, setzte sich Monika auf das Sofa und betrachtete liebevoll ihre gehorsame Freundin. Nun spürte sie das gewaltige Feuer der Lust in ihrem Schoß und begann, an sich herumzuspielen. Der erste Orgasmus ließ nicht lange auf sich warten, aber er genügte Monika nicht. Sie masturbierte weiter und achtete nicht auf die Zeit.

Währenddessen stand Karin brav in der Ecke. Ihre Beine zitterten nach dem Sex in den Dünen und dem lustvollen Versohltwerden, aber das Stöhnen von Monika ließ schon wieder Hitzewellen durch ihren Körper rasen. Sie wusste, dass sich Monika mehrere Orgasmen fingern würde, bevor das Spanking weitergehen würde, und auch, dass das dauern würde. In ihrer gemeinsamen Wohnung hatte sie einmal fast zwei Stunden in der Ecke stehen müssen und durfte nur herauskommen, weil sie auf die Toilette musste.

Dieses Mal dauerte es aber nicht so lange. Nach einer knappen Stunde war Monika mit ihrer Selbstbefriedigung fertig und widmete ihre ganze Aufmerksamkeit sofort wieder ihrer Geliebten.

„Komm her!"

Sofort eilte Karin aus ihrer Ecke und nahm mit gesenktem Kopf und auf dem Rücken gedrehten Armen Aufstellung.

„Du weißt, was jetzt folgt?"

„Ja, geliebte Herrin", antwortete sie folgsam.

„Dann hol den Rohrstock!"

Sofort eilte Karin zum Wäscheschrank, in dem sie bei ihrer Ankunft nicht nur ihre Kleidung, sondern auch diverse Schlaginstrumente und Spielzeuge untergebracht hatten.

Schnell stand sie wieder vor ihrer Herrin und hielt ihr mit ausgestreckten Händen und gesenktem Kopf den Rohrstock hin. Sie wusste, was sie nun erwartete, und die Vorfreude ließ ihre Muschi nicht nur feucht, sondern regelrecht nass werden.

„Ab über den Tisch!"

Sofort nahm sie die befohlene Position ein. Ihr Oberkörper presse die nackten Brüste und insbesondere die Nippel auf das kühle, harte Holz des Tisches. Karin liebte dieses Gefühl, was ihre Quelle nur noch mehr sprudeln ließ.

Aufgewühlt von den bisherigen Erlebnissen des Tages und angesichts der Vorfreude auf das nun Kommende fiel es ihr schwer, still zu liegen.

Sofort wurde sie angeblafft: „Lieg gefälligst still oder ich bringe es dir bei!"

„Ja, geliebte Herrin, tut mir leid, geliebte Herrin!"

Sie versuchte, ihren Worten Taten folgen zu lassen und zu gehorchen, aber die Empfindungen waren zu stark. Vor allem ihr schon wieder kochender Schlitz brachte Karin fast um den Verstand, und so rieb sie ihre Oberschenkel aneinender in der Hoffnung, dadurch ihr Lustloch gnädig zu stimmen und sich etwas Linderung verschaffen zu können. Vor lauter Geilheit hatte sie aber nicht mehr an Monika gedacht, die ihrer Freundin belustigt zusah.

Nach einer kurzen Weile meinte sie: „Wer nicht hören kann, muss fühlen!"

Damit zog Monika ihrer Geliebten den Rohrstock quer über das Gesäß. Die Getroffene schrie laut auf und begann, wie wild mit dem Po zu wackeln. Der Hieb war kräftig, weshalb sie nur mühsam ein Aufspringen verhindern konnte.

Da sie sich nun aber unerlaubterweise noch heftiger bewegte, knallte der Stock noch mehrere weitere Male auf ihr nacktes Hinterteil. Rote Striemen hoben sich von dem leicht gebräunten Fleisch des Hinterteils ab.

Nach drei weiteren Hieben verlor Karin endgültig die Beherrschung und hüpfte laut schreiend durch den Raum, wobei sie mit beiden Händen heftig ihre Pobacken rieb. Währenddessen fingerte Monika ungerührt an ihrem eigenen Geschlecht herum, denn sie wollte nicht zu kurz kommen. Dennoch beobachtete sie ihre geliebte ganz genau. Zwar wusste nach all den gemeinsamen Jahren, welche Behandlung sich Karin wünschte und was sie aushalten konnte. Für alle Fälle gab es ja zudem das Codewort, aber sie bezweifelte, dass ihre Freundin es aussprechen würde. Daher beobachtete sie mit Argusaugen jede Reaktion und Gefühlsäußerung. Im Zweifelsfalle würde sie das Spiel von sich aus abbrechen.

Endlich beruhigte sich Karin wieder. Nach einem kurzen Seitenblick auf Monika huschte über Karins Gesicht ein glückliches Lächeln. Monika verstand sofort und trat zu ihr hin. Sofort legte sich Karin mit ihrem Oberkörper wieder auf die Tischplatte. Mit sanftem Druck ihrer Hand fixierte Monika sie dort.

„Dann wollen wir dich jetzt mal für deine Widerworte bestrafen", erklärte sie lapidar.

„Ja, geliebte Herrin, bitte bestrafen sie mich für mein unverschämtes Benehmen."

Das ließ sich die Angesprochene nicht zweimal sagen.

„Normalerweise würdest du für Widerworte ein Dutzend Stockschläge bekommen, aber da das in diesem Urlaub schon das zweite Mal war, erhältst du fünfundzwanzig Hiebe. Dir werde ich schon gutes Benehmen beibringen!"

„Danke, geliebte Herrin."

„Du darfst zählen!"

„Ja, selbstverständlich, geliebte Herrin."

Dann begann Monika mit dem Strafvollzug. Angesichts der bereits erfolgten sexuellen Handlungen war Karin nicht mehr ganz so hart im Nehmen, weshalb Monika die Hiebe etwas leichter dosierte. Zudem hatte sie mit dem Befehl zum Mitzählen die Gewissheit, dass Karin die Zahl des Hiebes erst nennen würde, wenn sie sich für den nächsten Schlag bereit fühlte. Doch trotz dieser Vorsichtsmaßnahmen wartete Monika immer noch ein paar Momente länger, sicher war sicher.

Karin hielt sich sehr tapfer! Zwar wand sie sich wie ein Aal auf der Tischplatte und ihre Schmerzenslaute wurden immer schriller, aber dank der leichteren Dosierung und der Pausen zwischen den einzelnen Hieben konnte sie die Züchtigung gut überstehen.

Schließlich war es vorbei, der letzte Hieb war aufgezählt. Damit war diese Runde vorbei, aber noch nicht das Spiel, wie Karin ganz genau wusste.

„Komm hoch und bedank dich!"

Stöhnend erhob sich Karin von der Tischplatte. Dann sank sie auf die Knie und sagte: „Danke, geliebte Herrin, dass du dir so viel Mühe machst, um aus mir frechem Ding einen anständigen Menschen zu machen."

„Brav, Karin!"

Damit setzte sich Monika auf das Sofa und spreizte die Beine. Karin verstand sofort und kroch auf allen Vieren zu ihrer Herrin. Dort angekommen, steckte sie ihren Kopf zwischen die einladend weit geöffneten Schenkel und leckte voller Hingabe die ihr dargebotene schwülheiße Lustgrotte. Es dauerte nicht lange, und der Mösensaft floss in Strömen. Es waren solche Mengen, dass Karin nicht alles schlucken konnte, sodass der Schleim links und rechts aus ihren Mundwinkeln troff, am Kinn entlang lief und schließlich von dort auf ihre Brüste tropfte.

Nachdem Monika ihren Höhepunkt hatte, klemmte sie Karins Kopf zwischen ihren Schenkeln fest. Deren Gesicht berührte das nasse Geschlecht und ließ in ihrer Herrin erneut die Lust erwachen.

„Los, leck weiter!"

Da Monika im gleichen Augenblick die Schenkelpresse um Karins Kopf lockerte, machte sich diese sofort wieder an die

Arbeit. Insgesamt wiederholte sich dieser Vorgang noch mehrere weitere Male.

Endlich war Monikas Lust erschöpft. Sie zog Karin, deren Gesicht und Oberkörper im Schein des von draußen einfallenden Lichts feucht glänzte, zu sich aufs Sofa. Dort verharrten sie eine ganze Weile.

Schließlich wagte Karin einen Vorstoß: „Du, Schatz…"

„Was?"

„Meine Muschi juckt noch ganz tüchtig, und ich könnte noch ein paar Hiebe vertragen. Wollen wir?"

Sofort war Monika wieder im Spiel drin: „Für deine Unverschämtheit beim Strafstehen hast du dir ein Dutzend Stockhiebe verdient! Also marsch, du Luder, knie dich drüben auf das Bett!"

Glücklich gehorchte die Angesprochene und beeilte sich, dem Befehl nachzukommen. Sie wusste, dass jegliches Zögern mit zusätzlichen Hieben geahndet werden würde. Außerdem pochte ihr Schlitz schon wieder auf das Heftigste! Also beeilte sie sich und kniete gehorsam auf dem Bett nieder. Dabei bog sie den Oberkörper so weit nach vorne, dass der Kopf auf dem Bettlaken zum Liegen kam.

Währenddessen hatte Monika schon Position bezogen und verabreichte ihrer Freundin das versprochene Dutzend Hiebe. Weil Karin während der erbettelten Züchtigung immer wieder zusammensank oder beinahe aufsprang, bekam sie noch ein paar zusätzliche Hiebe verabreicht. Trotz des Schmerzes genoss Karin die Situation und würde sie nicht missen wollen!

Die Hitze auf ihrem Gesäß entsprach inzwischen der Hitze in ihrer Muschi.

Monika wusste natürlich ganz genau, was in Karin vorging. Als die Strafe verbüßt war, kam das Kommando: „Ab in die Ecke! Ich gehe jetzt Duschen, und du bleibst zur Strafe hier solange in der Ecke stehen. Wage es ja nicht, dich zu bewegen!"

Die Ausführung dieses Befehls fiel Karin sichtlich schwer, denn ihre Beine zitterten etwas. Zudem juckte ihr Schlitz vor wilder Geilheit! Am liebsten hätte sie es jetzt sofort mit Monika getrieben, aber diese hatte das Sagen – und ihr Befehl war eindeutig.

Nachdem Monika fertig geduscht hatte und wieder im Zimmer war, durfte Karin vortreten.

„Das hast du gut gemacht, mein Schatz!", lobte Monika ihre Gespielin. Dann fielen sich beide in die Arme und küssten sich heftig. Kurz darauf lagen sie auf dem Fußboden und genossen erneut die körperliche Liebe, nur dieses Mal ohne Hiebe.

Nachdem sie sich endgültig ausgetobt hatten, legten sich die beiden Frauen ins Bett und schliefen eng umschlungen ein. Karins Gesäß und auch ihr Schlitz waren nach diesem Tag voller Ekstase recht wund. Sie sollte beides auch am nächsten Tag noch deutlich spüren, aber für sie gab es nichts Schöneres wie das Erlebte. Und Monika war stolz auf ihre Freundin und ließ sie nackt am menschenleeren Strand sonnenbaden. Dabei genoss sie den Anblick der Striemen auf ihrem Gesäß und erfreute sich am Zusammenzucken, wann immer sie Karins Schlitz antippte. Beide wussten, dass eine Wiederholung nicht lange auf sich warten lassen würde – und der Urlaub war noch lange nicht zu Ende...

Beleidigungen im Hallenbad

Nun war der Herbst gekommen und hatte den Sommer als herrschende Jahreszeit abgelöst. Angesichts der gesunkenen Temperaturen hatten die Freibäder ihre Saison recht früh beendet. An ihre Stelle traten die Hallenbäder, so dass die ‚Wasserratten' in der Bevölkerung ganzjährig die Chance hatten, ihrem Vergnügen nachgehen zu können.

Auch die beiden Gymnasiastinnen Sandra und Ines waren begeisterte Schwimmbadbesucherinnen. Das hatte zwei Gründe: Zum einen schwammen sie ganz gerne, wobei für sie der Fitnesseffekt im Vordergrund stand. Zum anderen trugen sie aber auch gerne ihre schlanken, wohlgeformten Körper in knappen Bikinis zur Schau, um junge Männer anzulocken, mit denen sie außerhalb der Schwimmbecken viel Spaß haben konnten. Angesichts der zahlreicheren Versteckmöglichkeiten als Schutz vor gaffenden Zuschauern während ihrer intimen Handlungen bevorzugten sie das Freibad, aber in den kalten Monaten tat es zum Verführen auch das Hallenbad – gefummelt und mehr wurde dann eben im Auto.

Auch an diesem Tag waren Sandra und Ines mal wieder im Hallenbad. Es war der Nachmittag eines ganz normalen Schultages, an dem alle ihre Freundinnen und Freunde keine Zeit hatten, weil mit dem Beginn des 13. Schuljahres der Kampf um die Abiturnote in vollem Gange war. Angesichts der Fülle an Unterrichtsstoff und einer bedrohlich nahen Mathematikklausur war der Lerneifer der Schülerinnen und Schüler nur zu verständlich. Sandra und Ines hingegen lag nicht viel an Arbeit im Allgemeinen und Lernen im Besonderen, weshalb sie sich auch an diesem Tag trotz ihrer Schwäche im Fach Mathematik lieber dem Müßiggang hingaben.

Nachdem sie den Nachmittag mit einer Shoppingtour, die sehr zu ihrem Ärger wegen Geldmangels eine reine Besichtigungstour gewesen war, verbracht hatten, kamen sie schließlich auf den Gedanken, das Hallenbad zu besuchen. Zwei Stunden vor dessen Schließung kamen sie dort an und sondierten rasch das Angebot an Männern. Es fiel ernüchternd aus, denn keines der anwesenden Exemplare entsprach ihren Vorstellungen. In Ermangelung von Flirtgelegenheiten hatten sie daher ein paar Bahnen gezogen und saßen nun recht gelangweilt nebeneinander auf der langen Bank am Beckenrand. Ihre Stimmung sank immer weiter und hatte schon bald seinen Tiefpunkt erreicht. Allerdings mussten sie noch mehrere Stunden bis zum Öffnen der Szenekneipen herumkriegen, wobei das Hallenbad ein Anfang war. Um sich die Zeit bis zur Schließung zu vertreiben, begannen sie, tuschelnd über die anderen Schwimmbadbesucher herzuziehen. Angesichts der um diese Zeit geringen Zahl von Schwimmern hatte ein besonders dickes Mädchen, das ungefähr in ihrem Alter war, schnell die Aufmerksamkeit der beiden erregt.

„Sieht dir mal den Walfisch da vorne an", raunte Sandra ihrer Freundin zu.

„Oh, Mann, wenn die aus dem Becken geht, sinkt der Pegel rapide."

„Genau, dann wird der Schwimmerbereich zum Nichtschwimmer und der Nichtschwimmerbereich zum Planschbecken."

„So eine gehört hier nicht rein gelassen, bei dem Anblick kann man ja blind werden."

„Los", sagte Sandra und stand abrupt auf, „Lass uns dem Wal unsere Meinung geigen."

Gesagt, getan. Die beiden jungen Frauen waren schnell im Wasser und gleich darauf hatten sie das dicke Mädchen in die Mitte genommen.

„He, Fatty", gurrte Sandra mit liebevoller Stimme, aus der jedoch der Hohn erkennbar tropfte, „Was macht so ein Tanker wie du hier im Becken der schnittigen Yachten?"

„Was?", war alles, was das dicke Mädchen vor lauter Überraschung wegen der plötzlichen Anmache zurückgeben konnte. Da sie es gewohnt war, wegen ihrer Figur ständig und überall gehänselt oder zumindest ausgegrenzt zu werden, hatte sie extra die späten Öffnungszeiten gewählt, weil erfahrungsgemäß die schlimmsten Leute, die sich auf ihre Kosten lustig machen wollten, spätestens am frühen Nachmittag verschwunden waren. Mit dem Auftauchen dieser beiden eitlen Schnepfen hatte sie nicht gerechnet.

„Na hör mal", ereiferte sich jetzt Sandra, „So ein fettes Walross wie du gehört nicht in ein öffentliches Schwimmbad, sondern in ein Abspeck-Camp."

„Genau", ließ sich jetzt auch Ines vernehmen, „Schwimm gefälligst in deinem eigenen Pool im Zoo, oder stören dich da die anderen Nilpferde?"

„Wahrscheinlich ist der Pool immer leer, wenn sie alle reingehen", gluckste Sandra.

„Ach, lasst mich in Ruhe!", rief das dicke Mädchen genervt.

„Oh, Fatty wird böse! Das kann gefährlich werden!"

„Warum? Wale sind doch sehr friedlich, dachte ich immer."

„Das hier scheint aber ein riesiges Walross zu sein, und die sind gefährlich!"

„Oh ja, und was für ein besonders fettes Exemplar wir hier haben."

In diesem Ton ging es weiter, während die drei Frauen eine Bahn nach der anderen schwammen. Sandra und Ines hatten das dicke Mädchen dabei immer in ihrer Mitte. Wenn es am Beckenrand blieb, verharrten sie auch dort. Es gab für das arme Ding kein Entkommen. Schließlich rief sie: „Pfui, ihr seid gemein!" und versuchte, mit ein paar schnellen Schwimmstößen von ihren Peinigerinnen wegzukommen.

Sandra und Ines sahen sich wegen des Wutausbruchs ihres Opfers zunächst verdutzt an, bevor sie in schallendes Gelächter ausbrachen. Rasch schwammen sie hinter dem Mädchen her und hatten es rasch eingeholt. Dann äfften sie ihren Spruch nach: „Pfui, ihr seid gemei-hein, pfui, ihr seid gemei-hein" sangen sie ihr die Ohren voll. Als sie davon genug hatten, giftete Sandra erneut los: „Was ist das denn für eine

Sprache? Aus welchem Jahrhundert hast du das denn, aus dem 19. oder aus dem 18. Jahrhundert?"

„Lasst mich doch endlich in Ruhe!", bettelte jetzt das Mädchen, das seine vom Arzt verordnete Schwimmeinheit nicht wegen dieser beiden Schnepfen vorzeitig abbrechen wollte.

„Warum willst du nicht mit uns zusammen sein? Was passt dir nicht an uns? Hältst dich wohl für was Besseres mit deinen vielen Kilos und dem Riesenzelt, das du Badeanzug nennst. Dabei kannst du gegen unsere tollen Körper nicht im Geringsten anstinken.", schimpfte Sandra.

„Die ist doch bloß neidisch, weil wir jeden Kerl ins Bett kriegen können und sie nicht mal einen Blinden, weil er ihr Fett ertasten würde."

„Stell dir vor, sie versucht, einen Hengst zu reiten – der Ärmste würde ja unter ihr zerquetscht werden."

Lachend schwammen sie weiter neben dem Mädchen her. Diesem liefen vor Wut und Verzweiflung bereits die Tränen in Strömen herab, was nur durch die Schwimmbewegungen und dem dabei spritzenden Wasser nicht auffiel. Schon längst hatte sie die Hoffnung, dass einer der anderen Badegäste das Drama beenden würde, aufgegeben. Die wenigen noch verbliebenen Badegäste hatten den Abstand zu der ungleichen Dreiergruppe unbemerkt vergrößert. Das Mädchen konnte allerdings nicht ahnen, dass die heute Dienst habende Bademeisterin schon die ganze Zeit ein Auge auf die Dreiergruppe geworfen hatte, weil es ihr komisch vorkam, dass die beiden bildhübschen Frauen ganz plötzlich mit dem dicken Mädchen zusammen waren. Das passte nicht, denn sie kannte Sandra und Ines schon aus dem Freibad, wo sie im Sommer Dienst schob, weil das Freibad und das Hallenbad dem gleichen Betreiber gehörten, was diese Personalverschiebung ermöglichte. Zudem hatte sie bemerkt, dass das dicke Mädchen bereits im Wasser gewesen war, als Sandra und Ines das Bad betreten hatten. Sie waren also nicht zusammen gekommen und hatten sich auch nicht begrüßt. Die heute drahtige Bademeisterin war in ihrer Jugend selber etwas kompakter gewesen und ahnte, was sich dort im Wasser gerade abspielte. Aus ihrer eigenen Vergangenheit kannte sie den verletzenden Spott und die Verhöhnungen aus eigenem Erleben. Vielleicht waren ihre Sensoren deshalb besonders sensibel und registrierten die Gemeinheiten, bevor sie einen Beweis dafür hatte.

Während die Mädchen immer weiter ihre Bahnen zogen, hatte sich die Bademeisterin ganz langsam und unauffällig in die Nähe des Beckenrandes begeben und so getan, als wäre sie mit der Überprüfung von einigen Fliesen beschäftigt. Tatsächlich hatte sie aber ihre Ohren gespitzt und dank ihres guten Gehörs immer mehr Inhalte von dem Gespräch mitbekommen. Schließlich hatte sie genug gehört und wusste, dass das dicke Mädchen auf gemeinste Art und Weise drangsaliert wurde. Die Bademeisterin beschloss, den beiden Gören, die sich offensichtlich für Supermodels hielten und schon Staralüren entwickelt hatten, eine Lektion zu erteilen. Ein rascher Blick auf die Uhr und anschließend auf die verbliebenen Ba-

degäste zeigte ihr, dass wegen der Schließungszeit in fünf-
zehn Minuten alle aus dem Wasser heraus mussten, und außer den drei jungen Frauen nur noch zwei ältere Männer im
Wasser waren, die sich in einiger Entfernung zu den Mädchen
befanden. Vielleicht war das Zufall, vielleicht hatten sie aber
auch das Gefühl, dass mit den Dreien etwas nicht stimmte und
wollten lieber nicht zuviel mitbekommen und womöglich helfen
müssen. Die Bademeisterin seufzte, weil sie diese Gleichgül-
tigkeit und das sich aus der Verantwortung stehlen immer öfter
erlebte.

Sie blickte erneut auf die Uhr und legte sich einen Plan zu-
recht. Dass die beiden Männer in diesem Augenblick das Becken verließen und zu den Duschen gingen, würde ihr Vorha-
ben erleichtern. Rasch ging sie in den Dienstraum zurück und
betrachtete mit einem Auge den Monitor der Überwachungs-
kamera im Eingangsbereich, während sie mit dem anderen die
drei Frauen im Schwimmbecken im Auge behielt.

Es dauerte nicht lange, und sie konnte auf dem Monitor sehen, wie die beiden Männer beinahe zeitgleich das Schwimmbad verließen. Sofort ging die Bademeisterin zur Außentür und
verriegelte sie so, dass man das Bad zwar verlassen, aber
kein neuer Gast es betreten konnte. Als sie wieder im Dienstzimmer war, sah sie, wie nun auch die drei jungen Frauen das
Becken verließen und eng beieinander zur Damendusche
gingen. Sie konnte sich nach dem bereits Gehörten ausmalen,
dass das dicke Mädchen in diesem Augenblick weitere Belei-

digungen und Schmähungen über sich ergehen lassen musste.

Es wurde Zeit, den beiden Gören zu zeigen, dass sie den Bogen überspannt hatten, und ihnen eine empfindliche Lektion zu erteilen. Langsam erhob sich die Bademeisterin und ging zu einem Schrank in der hintersten Ecke des Dienstzimmers. Sie entnahm ihm einen Gegenstand, mit dem ihre Kollegen und sie selbst noch in den letzten Jahren Ruhestörern und Rabauken Benehmen beigebracht hatten. Ein befriedigtes Lächeln umspielte ihre Lippen, als sie sich vor Augen führte, wie gut es gewesen war, diesen Gegenstand zu pflegen und ihn trotz aller Verbote, ihn zu verwenden, in Reichweite zu haben. Mit einem beinahe zärtlichen Blick betrachtete sie den Rohrstock und ließ ihn durch ihre Finger gleiten. So mancher unverschämter Badegast hatte ihn einem Hausverbot vorgezogen und lieber den Heizungsraum mit seinem Schmerzgeheul erfüllt als seinen Freunden und, schlimmer noch, seiner gerade aktuellen Freundin erklären zu müssen, warum er nicht mit ins Schwimmbad kommen könne.

Der Rohrstock fühlte sich gut in ihrer Hand an. Er war recht dünn und biegsam, was eine besonders verheerende Wirkung erzielen konnte. Sie legte ihn griffbereit auf den Tisch in ihrem Dienstraum. Nun war er einsatzbereit und würde zum ersten Mal seit vielen, vielen Jahren wieder auf dem Hintern frecher, junger Frauen tanzen. ‚Das dürfte eine gute Abwechslung sein‘, dachte sie und überlegte, wie vielen Burschen sie in den letzten Jahren damit eine Wucht verabreicht hatte. Sie kam auf acht. ‚Und jetzt', dachte sie, ‚sind also zwei Mädchenärsche dran. Eine neue Erfahrung für mich, aber die beiden haben es von allen mit Abstand am meisten verdient.'

Nach einem kurzen Blick auf die Uhr entschied sie, dass die drei nun nackt unter der Dusche sein mussten. Sie straffte ihren Körper, ging über den Flur und betrat gleich einer Rachegöttin die Damendusche. Wie sie befürchtet hatte, hockte das dicke Mädchen nackt und heulend in einer Ecke, während die beiden anderen jungen Frauen, nun ebenfalls nackt, über sie gebeugt waren und noch immer derbe Beleidigungen absonderten. Außerdem präsentierten sie dem armen Ding in geradezu obszöner Weise ihre dem Schönheitsideal entsprechenden Körper, insbesondere ihre Bäuche, Gesäße, Schenkel und Brüste. Die Bademeisterin und ihre unheilvolle Aura bemerkten sie zunächst nicht. Weil sie zu sehr mit sich und ihrem Opfer beschäftigt waren, bemerkten sie daher auch nicht, wie sie die gesamte Badekleidung der Drei sowie ihre Handtücher einsammelte. Danach verließ sie kurz den Duschraum, um die Sachen in die leere Herrendusche zu tragen und kurz im Dienstzimmer vorbeizugehen.

Gleich darauf war die Bademeisterin wieder in der Damendusche, aber diesmal hatte sie den Rohrstock in der Hand. An dem Bild von vorhin hatte sich nichts geändert, noch immer drangsalierten die beiden Gören das dicke Mädchen. Mit einem süffisanten Grinsen ließ die Bademeisterin die Rohrstockspitze in die freie Hand patschen, dann wurde sie ernst, bitter ernst.

„ Das reicht jetzt, ihr Miststücke!", donnerte ihre Stimme unheilschwanger durch die Dusche.

Sandra und Ines waren jedoch so mit dem Quälen des dicken Mädchens beschäftigt, dass sie die Aufforderung gar nicht auf sich bezogen, sie wohl nicht einmal mitbekamen. Nun fackelte die Bademeisterin nicht lange: Mit schnellen Schritten war sie bei der Gruppe angekommen und zog sowohl Sandra als auch Ines blitzschnell den Rohrstock je zweimal wuchtig über die nackten Hinterteile. Das Klatschen der Hiebe wurde von den Fliesen zurückgeworfen und schien ohrenbetäubend zu sein. Gleichzeitig vor Schmerz und Schreck schreiend sprangen Sandra und Ines aus der Ecke und starrten ihre neue Gegnerin zuerst überrascht, dann hasserfüllt an.

„Wa-was soll das?", giftete Sandra, die sich als erste wieder unter Kontrolle hatte. Dann verdrehte sie den Kopf nach hinten, um zu schauen, was da so heiß und schmerzhaft brannte. Als sie die beiden roten Striemen sah, wurde sie erst blass und dann rot vor Zorn. Ines hatte ihre Striemen auch bemerkt und wirkte ziemlich verblüfft. Offensichtlich wusste sie nicht, wie sie mit der neuen Situation umgehen sollte.

Die Bademeisterin beachtete die beiden zunächst nicht, sondern wandte sich an das dicke Mädchen: „Geh in die Herrendusche, die ist leer. Deine Sachen habe ich schon rübergebracht. Dusch dich, zieh dich an und komm wieder hier rüber"

Mit vor Überraschung großen Augen kämpfte sich das dicke Mädchen auf die Beine. Bevor sie die Dusche verließ, hauchte sie ein leises „Danke!" in Richtung der Bademeisterin.

„Und jetzt zu euch Miststücken", wandte sich diese nun an die keifenden Sandra und die immer noch verdutzte Ines.

Die beiden hatten inzwischen, wenn auch mühsam, den Schmerz der Hiebe unter Kontrolle gebracht und dazu das Verschwinden ihrer Sachen bemerkt. Jetzt, da sich die Bademeisterin ihnen zugewendet hatte, keifte Sandra los: „Was hast du mit unseren Sachen gemacht? Willst du dich an unseren Bikinihöschen aufgeilen, du lesbisches Schwein? Und für die Schläge zeigen wir dich an, dann bist du deinen Job hier los!"

Die Bademeisterin ging langsam auf die sich immer weiter in Rage redende Sandra zu und verabreichte ihr ohne jegliche Gemütsregung zwei kräftige Ohrfeigen. Dann wandte sie sich an Ines: „Willst du auch was sagen?"

Ines starrte erst ihre Freundin und dann die Bademeisterin an. Abgesehen von einigen wenigen Gelegenheiten von ihrem Vater war sie noch nie geschlagen worden und wusste, dass es bei Sandra auch nicht anders war. Und nun das! Das Schallen der beiden Ohrfeigen für Sandra klang noch in ihren Ohren nach, außerdem brannten die beiden Striemen auf ihrem Gesäß noch immer unangenehm. Ines zog es deshalb vor, langsam den Kopf zu schütteln.

Die Bademeisterin nickte kurz und meinte dann an beide gewandt ungerührt: „Euer Verhalten war unter aller Sau. Dafür werdet ihr jetzt büßen. Und weil ihr euch wie pubertierende Gören benommen habt, werdet ihr auch so bestraft werden. Er hier", damit hob sie kurz den Arm mit dem Rohrstock an, „wird auf euren Model-Ärschen tanzen und euren makellosen Körpern eine Menge hübscher Striemen bescheren."

Sandra hatte sich nach den Ohrfeigen aus Angst vor weiteren Schlägen mühsam beherrscht, aber nun brach es aus ihr heraus: „Was? Striemen? Von was quatschen Sie da eigentlich, sind Sie besoffen oder was?", keifte sie, während die Bademeisterin innerlich grinsend registrierte, dass sie von ihr inzwischen gesiezt und nicht mehr geduzt wurde. Dann unterbrach sie Sandras Schimpfkanonade: „Euer Verhalten gegenüber dem armen Ding war ganz schlechte Kinderstube, und deshalb werde ich euch jetzt Benehmen einbläuen. Die Alternative wäre ein Hausverbot für den Rest der Hallenbadsaison. Ihr habt die Wahl."

„Na und", entgegnete Sandra und reckte triumphierend ihr Kinn in die Höhe, „Das Hausverbot interessiert doch eh keinen. Der Laden hier ist scheiße, aber total, da muss ich nicht herkommen."

„Doch", entgegnete die Bademeisterin grinsend, „weil der Sportunterricht während des Winters in Form von Schwimmunterricht gegeben wird. Wie wollt ihr denn eure Leistungsnachweise für die Zensuren erbringen, wenn ihr nicht ins Bad dürft?"

Die beiden Gören schauten sich erstaunt an.

„Wieso glauben Sie, dass wir noch zur Schule gehen würden?", fragte Sandra mit einem leichten Zögern in der Stimme. Die Bemerkung über die Schule hatte ihrer Selbstsicherheit angekratzt.

Die Bademeisterin schaute Ines fest in die Augen: „In welche Klasse geht ihr?", herrschte sie das Mädchen an.

Von der direkten Frage und dem strengen Tonfall eingeschüchtert, antwortete diese hastig: „In die Dreizehnte."

Erst als Sandra sie als „Dumme Kuh!" beschimpfte, wurde Ines bewusst, dass sie mit ihrer Antwort die Vermutung der Bademeisterin bestätigt und ihr damit Oberwasser gegeben hatte.

„Braucht ihr keine gute Note im Sport?", hakte die Bademeisterin nach.

Sandra grinste frech: „Nee, ich doch nicht, ich studiere Jura, da verdient man später richtig Kohle!"

„Ich schon", murmelte dagegen Ines, „Ich will Sportlehrerin werden."

„Schätze, dass du jetzt ein Problem hast", kam es trocken von der Bademeisterin, „Vielleicht sogar zwei. Oder glaubst Du, dass deine Eltern dein Benehmen toll finden werden?"

„Nein", hauchte Ines.

„Moment mal", mischte sich jetzt Sandra ein, „Wieso Eltern? Wir haben uns einen kleinen Spaß mit dem Brummer erlaubt und gut ist. Ist doch nichts dabei."

„Schön, dass du das so locker siehst. Ob dein Vater diese Meinung teilen wird?"

„Oh Gott, nein", wehrte Sandra ab. Plötzlich wurde sie blass: „Der ist doch im Stadtrat und will jetzt so kurz vor der Wahl absolut keine negativen Sachen hören. Der schlägt mich grün und blau, wenn sie uns verpetzen!"

„Das ist kein Verpetzen, sondern eine Meldung an die Erziehungsberechtigten, um sie auf Erziehungsfehler hinzuweisen."

Ines schien nachgedacht zu haben. „Müssen... hm... müssen unsere Eltern, also ist das wichtig, hm... müssen die denn von heute etwas erfahren?". Es war ihr anzusehen, dass sie diese Frage sehr viel Überwindung kostete, zumal ihr Blick jetzt unverwandt auf dem Rohrstock ruhte.

„Nein", antwortete die Bademeisterin, „Ich würde euch eine Alternative anbieten, sofern euer Opfer einverstanden ist."

„Was... wäre das?"

„Sie und ich holen das in eurer Erziehung offensichtlich versäumte nach und hauen euch richtig gründlich die Ärsche voll. Wenn ihr die Strafe bis zum Ende verbüßt, könnt ihr danach gehen und es wird kein Hausverbot geben."

Ines wurde blass. „D-das ist jetzt ein... ein Scherz, oder?" Ihr Stammeln klang wie ein einziges Betteln.

„Sehe ich aus, als ob ich Scherze machen würde?" Wütend funkelte die Bademeisterin das Mädchen an.

„Mo-moment mal", mischte sich nun Sandra ein. „Sie wollen uns verdreschen? Dürfen Sie das denn?"

„Darfst du andere Menschen erniedrigen und beleidigen?", kam es postwendend zurück. „Außerdem erspart dir die Wucht hier die Senge von deinem Vater. Und die Anzeige wegen

Hausfriedensbruch – dann kannst du dein Jurastudium gleich in die Tonne treten."

Sprachlos schauten die beiden eben noch so wortgewandten Mädchen die Bademeisterin an. Irgendwie schien das ganze in eine höchst missliche Situation zu führen. Während sie sich mit zunehmender Verzweiflung das Hirn nach einem Ausweg zermarterten, fuhr die Bademeisterin ungerührt fort: „Ich werde jetzt mit eurem Opfer reden und hören, ob sie überhaupt mit dieser Regelung einverstanden ist. Wenn nicht, ist sie sowieso vom Tisch."

Damit verließ sie die Damendusche und suchte das dicke Mädchen auf. Nach ein paar Worten des Trostes erklärte sie ihm ihren Plan. Nach anfänglicher Skepsis stimmte das dicke Mädchen zu.

Gemeinsam gingen sie wieder in die Damendusche, in der Sandra und Ines offensichtlich heftig diskutiert hatten. Als nun die Bademeisterin mit ihrem inzwischen in Slip und BH gekleideten Opfer herein kam, wurden sich die beiden ihrer Nacktheit bewusst. Trotz ihrer makellosen Körper, deren Gesäße allerdings zwei dunkelrote Striemen zierten, waren ihnen ihre Blößen nun unangenehm, was man den beiden deutlich ansah.

Ungerührt zeigte die Bademeisterin auf das dicke Mädchen: „Das ist Meike, euer Opfer. Ich habe ihr meinen Vorschlag unterbreitet: Eine ordentliche Tracht Prügel für euch beide als Sühne anstatt Hausverbot, Anzeige und Meldung an eure Eltern."

Sandra starrte die Bademeisterin mit offenem Mund an. Ines hatte sich hingegen schnell gefangen und wagte leise in Meikes Richtung zu fragen: „Für...für was hast du dich entschieden?"

„Das Hausverbot und die Anzeige treffen euch doch wohl am härtesten, oder?"

Ihre beiden Quälgeister nickten unisono.

„Dann wäre das doch wohl die beste Strafe, oder? Es versaut euch die Studienwünsche und ihr bekommt zudem eine ordentliche Tracht Prügel von euren Eltern. Besser geht's doch gar nicht."

Sandra und Ines waren sprachlos! Damit hatten sie nicht gerechnet.

Wieder fing sich Ines als erste: „Hör mal, das, also, hm, das, was wir da vorhin gesagt haben, das war gemein..."

„Gemein?", wurde sie von Meike unterbrochen, „Das war das letzte, absolut fies war das!"

„Ja, stimmt schon", räumte Ines hastig ein.

„Ihr seid vollkommen arrogante Pissnelken, und habt mich wie den letzten Dreck behandelt!", wetterte Meike weiter, „Willst du das jetzt etwa herunterspielen?"

Sandra zog hörbar die Luft ein. Bevor wieder ihr Temperament mit ihr durchgehen und sie mit einer unbedachten Äußerung die Situation noch weiter verschlimmern konnte, legte ihr Ines rasch zur Beruhigung einen Arm auf die Schulter. An Meike gewandt gestand sie mit leiser Stimme und schamhaft gerötetem Kopf: „Ja, du hast recht, wir sind Pissnelken. Wir hätten dir nicht wehtun dürfen. Aber nun ist es geschehen, ich habe keine Ahnung, was da mit uns durchgegangen ist. Bitte, lass uns die Sache so regeln, wie die Bademeisterin vorgeschlagen hat. Wir werden dich in Zukunft auch in Ruhe lassen, versprochen!" Mit einem kurzen Seitenblick zu Sandra fügte sie hinzu: „Richtig?"

Beinahe mechanisch nickte diese. Als Ines sie unverwandt anstarrte, fügte sie ein gemurmeltes „Ja, versprochen" an.

Meike überlegte kurz, dann nickte sie: „Okay, aber ich will, dass jede von euch vorher ein Geständnis ablegt, mich um Entschuldigung und um Prügel bittet. Ich werde euch dann höchstpersönlich den Arsch voll hauen, damit ihr spürt, zu was meine Speckarme fähig sind."

„Was?", rief Sandra halb entrüstet, halb entsetzt aus, „Du spinnst wohl? Den Scheiß mache ich nicht mit!"

Bevor sie weiterschimpfen konnte, fing sie sich von der Bademeisterin eine kräftige Ohrfeige ein. Nun war es mit ihrer Selbstbeherrschung vorbei und sie fing aus Wut über die Situation, die sie nicht mehr kontrollieren konnte, und aus Angst vor dem Kommenden ungeniert zu heulen an.

„Ich…ich bin einverstanden", flüsterte Ines leise, aber voller Ernst. Sie hatte verstanden, worauf die Bademeisterin hinauswollte: Sie und Sandra sollten sich zur Strafe selber vor Meike erniedrigen, um am eigenen Leib zu erfahren, wie es sich anfühlt, gedemütigt zu werden. Die Tracht Prügel wäre eine zusätzliche Strafe, die aber, weil Meike sie selber vollstrecken wollte, neben dem körperlichen Schmerz eine weitere Form der Demütigung wäre. Wie schlimm konnte sich eine solche Erniedrigung anfühlen? Wie sehr konnten Meikes Hiebe schmerzen? Ines hatte davon keine Vorstellung, vermutete aber, dass ihr Vater deutlich härter und wesentlich öfter als Meike zuschlagen würde. Und selbst wenn es jetzt heftig sein würde, wäre das immer noch besser als eine schlechte Note, die ihren Studienwunsch beerdigen würde, und die Anzeige, deren Folgen sie sich lieber nicht ausmalte.

Innerhalb von wenigen Sekunden traf Ines eine Entscheidung. Sie hatte einen Menschen zutiefst gedemütigt, ohne sich vorzustellen, wie sich das für ihn anfühlen würde. Nun war sie bereit, diese Erfahrung am eigenen Leib zu machen. Ohne weiter auf Sandra zu achten, wandte sie sich an Meike: „Ich heiße Ines und gebe zu, dass ich eine ganz gemeine Pissnelke bin. Ich bin zu dir extrem fies gewesen und bitte dich aufrichtig, mein Verhalten zu entschuldigen. Außerdem bitte ich um meine Bestrafung durch deine Hand."

Sandra starrte ihre Freundin entgeistert an. Dann murmelte sie: „Das ist doch verrückt! Du spinnst doch!"

„Mach, was du willst", kam als Antwort zurück, „aber ich will mir meine Zukunft nicht wegen so etwas verbauen. Lieber leide ich jetzt als während meiner gesamten Studienzeit in einem Studiengang, den ich nicht mag."

„Braves Mädchen", lobte Meike. „Küss den Stock und stell dich dort drüben mit dem Gesicht zur Wand."

Ines zögerte kurz, dann küsste sie zum Entsetzen von Sandra den vor ihren Mund gehaltenen Rohrstock. Anschließend trat sie vor die Wand.

„Bück dich!", kommandierte Meike, „Streck deinen hübschen Modelarsch schön weit raus, damit ich ihn dir ordentlich verstriemen kann!"

Nun doch etwas blass um die Nase nahm Ines gehorsam die vorgeschriebene Position ein. Mit schreckgeweiteten Augen sah Sandra, wie Meike den Rohrstock entgegennahm und prüfend durch die Luft sirren ließ. Beim Erklingen des charakteristischen Pfeifens zuckten sowohl Sandra als auch Ines heftig zusammen, während Sandra zudem das Blut aus dem Gesicht wich.

‚Das kann doch nur ein Traum sein', dachte sie, ‚Eben haben wir das Walross noch ausgelacht, und jetzt kuscht Ines vor ihr und lässt sich auch noch von ihr verdreschen. Das…das kann nur ein Albtraum sein!'

Noch während sie diesen Gedanken zu Ende brachte, ertönte wieder das Pfeifen des Rohrstocks. Diesmal folgte ihm zunächst ein klatschendes Geräusch, dem gleich darauf ein lauter Schrei folgte. Sandra starrte auf die Szene vor ihr und registrierte, dass Ines soeben tatsächlich ihren ersten Hieb empfangen hatte. Dem heftigen Zucken ihres Hinterteils sowie der böse aussehenden Verfärbung der Auftrefffläche nach zu urteilen, musste es ein besonders schmerzhafter Hieb gewesen sein.

Noch während sie auf das zuckende Hinterteil ihrer Freundin starrte, klatschte der Rohrstock erneut darauf. Sandra konnte geradezu sehen, wie sich der Stock in die makellose Haut des Hinterteiles fräste. Doch trotz der Wucht der beiden Schläge behielt Ines die Strafstellung bei, aber es war offensichtlich, dass es sie ungeheure Mühe kostete.

‚Wie macht sie das nur?', fragte sich Sandra innerlich, ‚Ich wäre schon längst aufgesprungen und weggerannt!' Insgeheim bewunderte sie nun ihre Freundin, der sie sich immer haushoch überlegen gefühlt hatte, für ihre Tapferkeit.

Weitere Schläge trafen Ines Hinterteil und hinterließen ihre Spuren. Das Zucken und Wackeln ihres Gesäßes wurde immer wilder und zudem immer häufiger von Zuckungen der Beine begleitet. Mehrmals ließ Ines vor lauter Schmerz und dem verzweifelten Verlangen nach Linderung des auf ihrem Hinterteil tobenden Höllenfeuers die Wand, an der sie sich abstützte, los. Allerdings hatte sie sich immer wieder schnell genug unter Kontrolle, um die befohlene Position rasch wieder einzunehmen, ohne dass ihr Verhalten als Strafabbruch gewertet werden konnte.

Immer weiter ging es, Schlag auf Schlag landete auf dem Po der frechen, jungen Frau! Meike erwies sich als Virtuosin des Rohrstocks und striemte das Hinterteil von Ines mit einer atemberaubenden Präzision, die die Bademeisterin in Erstaunen und Entzücken versetzte, während sie bei Sandra neben zunehmendem Entsetzen auch so etwas wie Bewunderung für Ines Durchhaltevermögen auslöste.

Immer wieder schlug Meike zu, bis schließlich die gesamte Fläche von Längshieben übersät war. Dabei nahm sie sich alle Zeit der Welt und ließ Ines nach jedem Hieb immer genug Zeit, den jeweils letzten Hieb zu verarbeiten, bevor es den nächsten setzte. Längst schon war Ines schweißüberströmt, ihr inzwischen zu einem ununterbrochenem Schluchzen gewandeltes Schreien hallte durch die Dusche, während Rotz und Tränen unaufhörlich ihr Gesicht hinab liefen und auf den Boden tropften.

Erst als kein Längshieb mehr auf den nackten Mädchenhintern passte, hörte Meike auf.

„Stell dich da hinten in die Ecke", befahl sie, „nachher machen wir weiter."

„Oh Gott", schniefte Ines, „Noch mehr?" Dann zwang sie sich, in die Ecke zu kommen, wobei ihr das Gehen deutlich sichtbar große Schwierigkeiten bereitete.

„Du hast gesehen, wie die erste Etappe aussieht", wandte sich Meike nun an Sandra. „Also, regeln wir beide das auch so miteinander, oder willst du kneifen und die andere Konsequenz wählen?"

Sandra war leichenblass. „Das-das halte ich nicht aus!", flüsterte sie, vor Angst beinahe tonlos, „Dagegen sind die Schläge meines Vaters ja richtig harmlos!"

„Ich will kein Gegreine von dir hören, sondern dein Geständnis! Und deine Bitte um eine ordentliche Tracht Prügel!"

„Ich – was? Was soll ich denn sagen? Nein, ich will das nicht!" Vor lauter Angst heulte Sandra jetzt los wie ein kleines

Kind. „Mein Vater nimmt immer nur die Hand oder den Kochlöffel, aber das Ding da", sie deutete ganz kurz auf den Rohrstock in Meikes Händen, „ist ja richtig grausam. Ich...ich will das nicht!"

Die Bademeisterin bemerkte dazu nur trocken: „Dann geht es eben gleich mit Ines weiter. Los, du Pissnelke, her mit dir!"

„Nein, bitte noch nicht", jammerte diese, „Lassen Sie mir bitte noch etwas Zeit, bitte, bitte!"

„Sollen wir hier etwa blöd rumstehen, damit du deine Wunden lecken kannst?", bellte die Bademeisterin, „Bei euren Pöbeleien habt ihr Meike auch keine Zeit zum Verarbeiten der Beschimpfungen gelassen."

„Sandra!", bettelte Ines, „Bitte, tu es für mich! Mach, was sie sagen, ich bin noch nicht soweit!"

Mit einem solchen Hilferuf ihrer besten Freundin hatte Sandra nicht gerechnet. Eigentlich wollte sie so schnell wie möglich aus dem Hallenbad heraus und lieber die anderen Folgen ihres Tuns tragen als sich dem Rohrstock auszuliefern. Sie hatte Ines geschundenes Hinterteil vor Augen und war über die Spuren auf dem vorher makellosen Po entsetzt. So würde auch ihr Gesäß aussehen, und Meike hatte klar erkennen lassen, dass das nur die erste Hälfte gewesen sei. Es würde also noch schlimmer kommen. Andererseits war Ines ihre beste Freundin und brauchte sie jetzt mehr denn je. Sandras Gedanken rasten: Ihr wurde plötzlich klar, dass Ines immer die intelligentere von ihnen gewesen war und auch die Folgen ihrer ‚Streiche' besser einschätzen konnte. Obwohl sie,

Sandra, sich immer überlegen und als Anführerin gefühlt hatte, wurde ihr nun klar, dass Ines mehr auf dem Kasten hatte als sie selber. Wenn Ines also lieber diese harten Schläge in Kauf nahm als die anderen Folgen zu ertragen, musste der Rohrstock wohl doch das kleinere Übel sein.

Sandra schluckte schwer. Dann kämpfte sie eine heftige Panikattacke nieder und hauchte mit leichenblassem Gesicht ein fast tonloses „Ich mach's" in den Duschraum.

„Danke!", seufzte eine erleichterte Ines.

„Dann leg dein Geständnis ab, entschuldige dich für dein saumäßiges Verhalten und bitte um ordentlich Dresche!"

„Ich...ich gestehe, mich schlecht benommen zu haben", begann Sandra stockend, der es sichtlich schwer fiel, das verlangte auszusprechen, „Ich – bitte – dich tausendmal um Verzeihung. Bitte verdrisch mir... verdrisch mir zur Strafe... den Hintern."

„Schlecht benommen, ja?", schimpfte Meike, „Du bist eine strohdoofe und arrogante Pissnelke, die sich total scheiße benommen hat. Das wäre ein Geständnis gewesen, aber nicht dein nichts sagendes Gebrabbel. Probierst du es noch mal?"

Sandra wurde bei Meikes Worten rot, aber diesmal war es Schamesröte. Sie ahnte, dass Ines Entscheidung die Richtige war, und nickte zum Zeichen eines neuen Versuches. Während sich ihr Kopf nun vor Scham dunkelrot verfärbte, stammelte sie mit sichtlichem Bemühen, diesmal alles richtig zu machen: „Ich – ich bin eine strohdoofe und...und arrogante...Pissnelke, die sich dir gegenüber total scheiße benommen hat. Es... es tut mir leid, bitte verzeih mir. Und, bitte, versohl mir den Hintern, bis... bis zwischen uns alles wieder gut ist."

„Na also", lobte Meike, „Geht doch! Und jetzt nimm die gleiche Position ein wie die andere dumme Sau eben."

Angesichts dieser Bezeichnung schluckten sowohl Sandra als auch Ines. Gleich darauf sahen sie aber ein, dass sie deutlich Schlimmeres zu Meike gesagt hatten. Deshalb schwieg Ines in ihrer Ecke mit schamrotem Kopf, während sich Sandra mit vor Angst wild schlagendem Herzen an die Stelle, an der zuvor Ines ihre Strafe entgegengenommen hatte, stellte.

„Streck deinen Arsch raus!", kommandierte Meike.

Sandra gehorchte. Dann war auch schon das Pfeifen des Rohrstocks zu hören, und bevor Sandra begriff, was da in ihrem Rücken geschah, wurde ihr Gesäß schon getroffen. Ihr Unterleib schnellte nach vorne und drückte dadurch ihren Oberkörper nach oben, während ihrem Mund ein langgezogenes „Auuuuuuuaaaaa!" entwich.

Es dauerte einen Augenblick, bis sich Sandra gesammelt hatte. Dann drückte sie ihren Oberkörper wieder nach unten und schob ihr Hinterteil weit nach außen, dem Rohrstock entgegen. Meike nahm die Einladung sofort an und versetzte dem prallen Ziel zwei rasch aufeinander folgende Hiebe. Diesmal dauerte sowohl das Wehgeheul als auch das Sammeln deutlich länger, aber Sandra konnte sich schließlich doch wieder in die Strafposition zwingen.

Nun setzte es weiter Schlag auf Schlag, wobei Meike mit der gleichen Präzision wie bei Ines vorging. Sie zeigte weder Ermüdungserscheinungen noch Konzentrationsmängel. Sandras Geschrei steigerte sich unter dem ersten Dutzend Hieben, aber danach wurde es immer leiser, bis es nur noch ein ununterbrochenes Geschluchze war. Obwohl sie vor dem Rohrstock eine Mordsangst gehabt hatte, ertrug sie die Schläge erstaunlich tapfer, sogar noch besser als Ines. Dennoch strömten auch aus Sandras Augen die Tränen und aus ihrer Nase tropfte gleichfalls unentwegt Rotz.

Schließlich war auch ihr Hinterteil mit einer Vielzahl von Längshieben bedeckt. Nun durfte Sandra in die andere Ecke des Duschraumes gehen, wo sie erschöpft in die Hocke gehen wollte, aber weil diese Position ihre Pohaut zu sehr spannte und die Schmerzen verstärkte, lehnte sie sich stehend an die Wand, die Stirn an die kühlen Fliesen gelehnt. So stehend heulte sie still vor sich hin.

„Ines! Hierher!", kommandierte derweil Meike.

Gehorsam kam die Angesprochene heran. Sie musste sich auf alle Viere herablassen und ihre Schulten auf den Boden des Duschraumes pressen. Meike trat von vorne an sie heran und presste Ines Oberkörper zwischen ihre Schenkel. Die darin steckende Kraft überraschte Ines. Viel Zeit zum Wundern blieb ihr aber nicht, denn schon ließ Meike den Rohrstock niedersausen. Diesmal allerdings als Querhieb zu den bisherigen Längshieben. Weil er auf diese Weise eine Vielzahl von bereits vorhandenen Striemen kreuzte, war der Schlag deutlich schmerzhafter als alle bisherigen. Dementsprechend lauter war das Schmerzgeheul von Ines, das von wilden Zuckungen ihres Körpers und wildem Trampeln ihrer Füße begleitet wurde. Ohne die Schenkelpresse von Meike wäre sie jetzt mit Sicherheit aufgesprungen und weggelaufen, aber die Schenkel zwangen sie unerbittlich zum Beibehalten der Position. Immerhin übertünchte der Schmerz auf ihrem Hinterteil die Schmerzen ihrer Knie, die auf den blanken Fliesen des Duschbodens lagen und bei jeder Bewegung ihres Körpers eigene Schmerzen entwickelten.

Meike kannte keine Gnade und ließ den Rohrstock mehr als ein Dutzend Mal auf den glutroten Hintern niedersausen. Als sie schließlich aufhörte, war Ines nur noch ein wimmerndes Etwas, das die Schmerzen beinahe um den Verstand brachten. Trotzdem musste sie noch den Rohrstock, die Hände von Meike und zum Schluss die Hände der Bademeisterin küssen. Danach durfte sie sich in einer Ecke des Duschraumes zusammenrollen und ihren Schmerz ausheulen. Das tat sie auch ausgiebig.

Nun war wieder Sandra an der Reihe. Trotz ihrer immer noch vorhandenen Panik hatte es sie interessiert, wie der zweite Teil der Strafe aussehen würde. Deshalb hatte sie sich gezwungen, noch immer wegen ihrer ersten empfangenen Wucht schniefend, der weiteren Züchtigung von Ines zuzuschauen. Fassungslos hatte sie das Geschehen verfolgt, aber auch registriert, dass es weniger Schläge als beim ersten Durchgang gewesen waren. Diese Erkenntnis machte ihr etwas Mut. Als Meike sie zu sich rief, näherte sie sich zwar mit einem beklemmenden Gefühl im Bauch, aber auch mit der

Zuversicht, es jetzt hinter sich bringen zu wollen. Ohne weitere Kommandos von Meike abzuwarten, ging sie auf alle Viere herunter und ahmte die Position von Ines nach.

Die Bademeisterin und Meike unterdrückten mühsam ein zufriedenes Grinsen. Dann wurde Sandra ebenfalls in die Schenkelpresse genommen und der Rohrstock begann den zweiten Teil seines erzieherischen Werkes auf ihrem Hintern. Da Sandra für Meike die treibende Kraft für die Beleidigungen ihr gegenüber war, kam sie im zweiten Durchgang nicht so glimpflich wie Ines davon. Fast drei Dutzend Hiebe donnerten auf den schon heftig verstriemten Hintern nieder, was Sandra mit zunehmender Verzweiflung ertrug. Ihr blieb auch keine andere Wahl, denn die Schenkel von Meike hielten sie unerbittlich in Position und zwangen sie, das Gesäß dem Zuchtinstrument auszuliefern.

Irgendwann fiel dann aber doch der letzte Hieb. Nun durfte auch Sandra in einer Ecke ihren Emotionen freien Lauf lassen, während sich Meike in der Herrendusche fertig ankleidete. Als sie schließlich fertig war, verabschiedete sie sich mit einem Gefühl riesengroßer Dankbarkeit und Genugtuung von der Bademeisterin. Dann verließ sie das Hallenbad.

Als die Bademeisterin zurückkam, begutachteten Ines und Sandra gegenseitig ihre Striemen. „Davon werdet ihr noch länger etwas haben", grinste sie, „Lasst euch das eine Lehre sein!" Dann holte sie wortlos die Sachen der beiden und warf sie zu ihnen in die Dusche. Danach ließ sie die beiden in Ruhe, denn es war klar, dass sie einige Zeit brauchen würden, um wieder im Hier und Jetzt anzukommen.

Irgendwann verließen auch Sandra und Ines das Gebäude. Obwohl sie langsam gingen, merkte man ihrem Gang an, dass irgendetwas anders war. Auf den Gedanken, dass die beiden Möchtegern-Models gerade ordentlich den Rohrstock zu spüren bekommen hatten, wäre aber wohl niemand gekommen.

Die Episode hatte für keine der Beteiligten negative Konsequenzen, ganz im Gegenteil: Meike wurde sehr zur Verwunderung der Umwelt von den beiden immer freundlich gegrüßt. Sandra schaute jedoch immer verlegen und mit hochrotem Kopf weg, wenn sie im Schwimmbad der Bademeisterin begegnete, während Ines mit ebenfalls rotem Kopf immer höflich grüßte. Irgendwann sagte sie mal zur Bademeisterin: „Wenn ich Scheiße baue, stehe ich auch dazu, auch wenn es bitter wird. Und an jenem Abend war es verdammt heftig! Aber ich habe mich zu meiner Schuld bekannt, und das war richtig, denn wer austeilt, muss auch die Konsequenzen tragen. Alles andere wäre feige."

Angesichts ihrer verstriemten Hinterteile nahmen sie wegen ‚Frauensachen' nicht an den nächsten Sportstunden teil. Auch ihre Freizeitaktivitäten veränderten sie in dieser Zeit, denn statt Auszugehen blieben sie zu Hause, weil sie anderenfalls ihren Sexualpartnern die Striemen hätten erklären müssen. Um nicht vor Langeweile einzugehen, machten sie daheim das Beste aus der Situation und taten etwas, was sie vorher nur widerwillig getan hatten: Sie lernten! Die ganz ohne

Schummeln erzielten guten Noten in der folgenden Mathematikklausur waren somit eine nette Nebenfolge ihres Erlebnisses im Hallenbad.

Kletterpartie im Baum

Während meiner Studienzeit in Süddeutschland war ich mit einem hübschen Mädchen namens Julia zusammen. Ich hatte ein Zimmer in der Wohnung ihrer Eltern gemietet, die, nachdem wir ein Paar waren, mit Argusaugen unsere Noten beobachteten. Jede Note, die schlechter als ‚Zwei' war, wurde mit einer angemessenen Anzahl von Rohrstockhieben geahndet. Julia kannte diese Art der Bestrafung schon aus ihrer Schulzeit, aber ich, der aus Norddeutschland des Studiums wegen zugezogen und durch Zufall an das Zimmer in ihrem Elternhaus gekommen war, kannte diese Art der Motivationshilfe nicht. Erst durch meine Liebesbeziehung mit Julia machte ich die Bekanntschaft mit dem gelben Onkel.

Im Gegensatz zu mir waren Züchtigungen für Julia stets Bestandteil ihrer Erziehung gewesen. Ursprünglich nur Klapse mit der flachen Hand, wurden mit zunehmendem Alter auch andere Hilfsmittel wie Teppichklopfer, Kochlöffel, Gürtel und Rohrstock eingesetzt. Wir haben damals lange Gespräche über diese Form der Bestrafung geführt, denn natürlich war ich neugierig und wollte alles über diese Strafmaßnahmen wissen. Beim Zuhören stellte ich mir dann immer ‚meine' Julia, also das Mädchen von Anfang Zwanzig, vor, wie sie ihren süßen Po gehörig ausgeklatscht bekommt. Diese Gedanken lösten immer eine biologische Reaktion bei mir aus, gegen die wir dann beide umgehend etwas unternommen haben.

Bei einem dieser Gespräche erzählte mir Julia von ihrem peinlichsten Erlebnis.

„Eigentlich", begann sie, „fanden meine Bestrafungen immer so statt, dass außer meinen Eltern niemand etwas davon mitbekommen konnte. Du warst der erste, der bewusst zugelassen war, als ich richtig Dresche bekommen habe."

Ich fühlte mich einerseits geschmeichelt, aber andererseits löste der Gedanke an die damalige Situation zwiespältige Gefühle in mir aus: Zum einen hatte ich die Situation damals nur deshalb erleben ‚dürfen', weil ich selber (erstmals) den Rohrstock zu spüren bekommen hatte, und das nicht zu knapp! Zum anderen stand ich in der Ecke Strafe, als Julia der Hintern versohlt wurde, sodass ich sie zwar jammern hören, aber nicht sehen konnte.

„Aber", fuhr Julia fort, „es hat mir nichts ausgemacht, in deiner Gegenwart mit dem Rohrstock verhauen zu werden. Immerhin waren wir zu dem Zeitpunkt bereits ein Paar, und dann ist das nicht weiter schlimm. Peinlich ist es nur, wenn die Nachbarn oder gute Bekannte mitbekommen, wie man verhauen wird." Sie schauderte bei dem Gedanken.

„Bislang hat doch keiner etwas mitbekommen, oder?", fragte ich.

„Na ja", flüsterte sie, „Einmal haben es sehr viele Leute mitbekommen. Dafür schäme ich mich heute noch."

Ich schaute sie fragend an, und sie begann zu erzählen:

„Es war ungefähr ein Jahr, bevor wir uns kennen gelernt haben. Ich war immerhin schon achtzehn Jahre alt und wir feierten den 70. Geburtstag meiner Oma. Um ihr die Arbeit besser abnehmen zu können, fand die Feier bei uns statt. Natürlich hatten wir uns alle dem Anlass entsprechend fein gemacht und die Schar der Gäste war auch nicht gerade klein. Da Oma, wie du ja weißt, nur ein paar Straßen weiter wohnt, waren auch viele unserer Nachbarn und Bekannten auf der Feier.

Meine Eltern hatten mir extra für die Feier ein sündhaft teures Kleid gekauft, ein echtes Designerstück. Ich habe ganz schön quengeln und betteln müssen um es zu bekommen, aber am Ende haben sie es mir tatsächlich gekauft. Der Rockteil des Kleides war der Mode entsprechend recht kurz und bedeckte gerade so die obere Hälfte meiner Oberschenkel. Meine Eltern fanden das sehr gewagt und bestanden deshalb darauf, dass ich eine Strumpfhose darunter anzog. Um des lieben Friedens willen habe ich nachgegeben und eine Nylonstrumpfhose über meinem Slip getragen.

Die Feier verlief wie immer: Nach dem Mittagessen wurde viel geredet, dann gab es den Kaffee und danach durften wir ‚jungen Leute' uns zurückziehen. Weil wegen des schönen Wetters alle auf dem Hof waren, zogen wir uns in den hinteren Teil des Gartens zurück, in dem einige hohe Apfelbäume standen. Es dauerte nicht lange und die ersten Jungen kletterten in den Bäumen herum. Da ich vorher auch viel darin herumgeklettert war, haben sie mich aufgefordert, mitzumachen. Ich habe mich nicht lange bitten lassen und bin ebenfalls in den Baum gestiegen. Übrigens als einziges Mädchen, die anderen haben sich nicht getraut. Wir waren schon einige Zeit im Baum am Herumalbern, als plötzlich meine Mutter wie eine Furie angeschossen kam und mich ziemlich barsch aufforderte, sofort den Baum zu verlassen. Weil sie ziemlich sauer aussah, habe ich sofort gehorcht. Die anderen kletterten auch schnell herunter und verzogen sich heimlich mit dem Rest meiner Clique. Kaum auf dem Boden angekommen, deutete meine Mutter auf mein Kleid und fing an zu zetern, dass ich es ganz schmutzig machen würde. Mir war das Geschimpfe unendlich peinlich, denn schließlich standen meine Freunde in einiger Entfernung herum und bekamen alles mit. Auf meine entsprechende Bitte, das später zu klären, reagierte meine Mutter jedoch nicht. Stattdessen packte sie mich an den Schultern und drehte mich herum, um die Schäden auf der Rückseite des Kleides begutachten zu können. Als ich mich dagegen wehrte, wurde es für mich nicht nur unangenehm, sondern entsetzlich erniedrigend: Mutti umschlang mit einem Arm meine Taille und drückte mich leicht nach unten, während sie mir mit der anderen Hand mehrmals kräftig auf den Po schlug. Ich schnappte nach Luft, aber weniger vor Schmerzen – die Schläge taten kaum weh - als vor Entsetzen über die Schmach, vor meinen Freunden wie ein kleines Kind Haue zu bekommen. Vielleicht wäre die Sache damit erledigt gewesen, denn das Kleid war bis auf zwei oder drei Flecken nicht schmutzig und auch nicht kaputt, aber durch das Herunterbeugen war der ohnehin kurze Rock noch höher gerutscht, sodass meine Mutter mehr als bei meiner normalen Haltung von der Strumpfhose sehen konnte. Die hatte tatsächlich nicht nur eine riesige Laufmasche, sondern auch ein Loch in der Größe eines Zwei-Euro-Stückes. Als Mutti die Schäden an der Strumpfhose sah, ließ sie mich wutschnaubend los, aber kaum stand ich gerade, schob sie meinen Rock hoch, um nach weiteren Schäden zu suchen. Das war mir natürlich mehr als unangenehm, denn schließlich standen doch auch die Jungs um uns herum, mit denen ich ständig herumhing und zugegebenermaßen auch flirtete. Dass die Untenstehenden während meiner Kletterpartie im Baum problemlos unter meinen recht kurzen Rock schauen konnten, war mir nicht bewusst gewesen. Hätte ich daran gedacht, hätte ich mich bei Muttis Kontrolle wahrscheinlich nicht gewehrt. Aber so versuchte ich, meine Mutter vom Hochschieben des Rockes abzuhalten beziehungsweise den Saum wieder nach unten zu ziehen. Sie fand meine Widerborstigkeit leider überhaupt nicht lustig und verpasste mir zwei rasch aufeinander folgende Ohrfeigen, deren Schallen sicher alle Gäste auf dem vierzig Meter entfernten Hof gehört haben mussten.

Während ich noch damit beschäftigt war, die Ohrfeigen zu verdauen, hatte meine Mutter schon wieder meine Taille umfasst und mich in eine halb gebückte Position gezwungen. Dann schob sie mit einer Hand rasch meinen Rock hoch und versetzte mir eine ganze Reihe von harten Klapsen auf den Po. Anschließend ließ sie mich zwar los, aber nur, um mich am Ohr zu packen und quer durch den gesamten Garten in den Partykeller zu ziehen. Du kannst dir nicht vorstellen, wie entsetzlich peinlich mir das war, so vor meiner Clique und den ganzen Nachbarn und Bekannten behandelt zu werden! Verdammt, ich war volljährig! Meine Mutter war aber unerbittlich!

Erst als wir im Partykeller angekommen waren, ließ Mutti mein Ohr los. Der Raum wurde wegen des schönen Wetters nicht für die Geburtstagsfeier meiner Oma benutzt. Da er als Partyraum diente und es dabei manchmal etwas lauter werden konnte, hatten meine Eltern ihn zum Schutz der Nachbarn vor etwaigem Lärm recht gut schallisoliert. Darüber habe ich mir in dem Moment allerdings keine Gedanken gemacht, aber als Mutti die Tür hinter uns geschlossen hatte, ahnte ich Schlimmes. Dann habe ich den Teppichklopfer in ihrer Hand gesehen! Ich wusste, dass er immer in der Waschküche lag, sie musste ihn im Vorbeigehen gegriffen haben.

‚So, Fräulein', begann Mutti, ‚Jetzt werde ich dir mal in aller Ruhe zeigen, was ich davon halte, dass du mit einem solch teuren Kleid in einem Baum herumkraxelst! Du wirst jetzt brav deinen Rock hochheben und dich über den Tisch dort legen!'

‚Bitte', bettelte ich, ‚Lass es gut sein, Mutti, du hast mich doch schon vor meiner Clique und den ganzen Leuten blamiert, indem du mich auf den Po gehauen und am Ohr durch den Garten gezogen hast! Mach es bitte nicht noch schlimmer!'

Ich sah, wie sie eine Augenbraue hochzog und wusste, dass ich den falschen Ton angeschlagen hatte. Jetzt war Mutti nämlich richtig wütend!

‚ICH habe DICH blamiert?', fauchte sie auch schon. ‚Für diese Unverschämtheit werde ich dich so gründlich durchprügeln, dass du in den nächsten Tagen Sitzprobleme haben wirst! Aber zuerst werde ich dir beibringen, dass man mit seiner Kleidung sorgsam umzugehen hat. Zum letzten Mal: Über den Tisch mit dir!'

‚Aber...', begann ich. Weiter kam ich nicht, denn wieder trafen zwei harte Ohrfeige meine Wangen.

‚Bücken!', zischte meine Mutter. Ich kannte diesen Ton und wusste, dass ich jetzt, Volljährigkeit hin oder her, besser gehorchen sollte. Wenn Mutti so in der Vergangenheit gesprochen hatte und ich ihr nicht sofort gehorcht habe, wurde es immer sehr, sehr schlimm für mich. Also bückte ich mich rasch über den Tisch.

‚Ich sagte ‚Rock hoch', Fräulein, oder hörst du neuerdings schwer?'

Schnell zog ich das Kleid bis zu meinen Hüften hoch. Kaum war ich damit fertig, knallte auch schon der Teppichklopfer zum ersten Mal auf mein Hinterteil. Danach ging es im wahrsten Sinne des Wortes Schlag auf Schlag weiter. Anfangs taten die einzelnen Hiebe nicht besonders weh, nur wenn Mutti zwei oder drei Hiebe sehr schnell hintereinander verabreichte, wurde es unangenehm. Mit zunehmender Dauer wurde das Brennen auf dem Po aber doch schlimm und irgendwann konnte ich leise Schmerzenslaute nicht mehr unterdrücken. Zudem fiel mir das Stilliegen zunehmend schwerer und irgendwann wurde aus dem anfänglichen Zucken beim Aufprall des Teppichklopfers ein immer wilder werdendes Wedeln und Wackeln. Mutti war das egal, sie fuhr unbeirrt fort, mich zu verdreschen. Ich weiß nicht, wie viele Schläge ich bekam, aber dieser Teil der Bestrafung hat eine ganze Weile gedauert, in denen der Teppichklopfer ununterbrochen auf mich niedergegangen ist.

Irgendwann hörte Mutti mit dem Schlagen auf. Ich dachte, dass ich es jetzt überstanden hätte, aber da hatte ich mich gründlich geirrt!

,So, Fräulein', meinte Mutti, ,das waren die Prügel für die Flecken im Kleid. Jetzt, mein, Kleines, werde ich dir die Laufmaschen und Löcher in der Strumpfhose stopfen!'

Bei diesen Worten hatte sie ihren schmalen Gürtel aus echtem Leder aus den Schlaufen ihres Rockes gezogen. Weil der Rock dadurch nicht mehr richtig saß, legte sie ihn gleich ab. Dann trat sie hinter mich und bevor ich etwas sagen konnte, peitschte sie meinen Po mit dem Gürtel. Das war ein echter Ledergürtel, was alleine schon für Schmerzen stand, aber weil er zudem noch recht schmal war, zog er doppelt so gut durch. Die Schläge mit dem Teppichklopfer hatte ich noch halbwegs gut verkraftet, aber der Gürtel war eine ganz andere Güteklasse! Das Mistding biss fürchterlich, was sich natürlich sofort auf die Lautstärke meines Gejammers auswirkte. Mein Slip und die darüber liegende Strumpfhose hatten schon die Schläge mit dem Teppichklopfer nicht dämpfen können, aber gegen den Gürtel vermochten sie erst recht nichts auszurichten. Ich litt und jammerte, während Mutti unerbittlich auf mich eindrosch. Hieb auf Hieb sauste auf meine Pobacken herab und ich muss dabei ganz schön mit meinem Hinterteil getanzt haben, denn die Hiebe trafen nicht nur quer über den Po, sondern auch immer wieder die Seiten! Das war furchtbar, aber Mutti ließ mir nicht die Zeit, mich nach einem Schlag zu beruhigen und zu Atem zu kommen bevor der nächste kam. Sie schlug ununterbrochen zu und konnte dadurch nicht besonders gut zielen. Ich wusste, dass sie stinksauer auf mich war und versuchte tunlichst, nicht aufzuspringen. Ich weiß bis heute nicht mehr, wie ich liegen bleiben konnte, aber ich habe es geschafft. Mutti prügelte mich wirklich gründlich durch! Es dauerte ziemlich lange, bis sie mit meiner Lektion fertig war.

Endlich war es aber überstanden. Mutti atmete ein paar Mal tief durch und verkündete mir dann, dass sie das Geld für die Reinigung des Kleides ebenso wie das Geld für die Strumpfhose von meinem Taschengeld einbehalten würde. Da ich in die letzte Klasse des Gymnasiums ging, verdiente ich im Gegensatz zu vielen aus meiner Clique, die eine Ausbildung machten, kein eigenes Geld, sondern bekam von meinen Eltern Taschengeld. Dann schob sie endlich den Gürtel wieder in ihren Rock und zog diesen an. Ich dachte wieder, dass es nun vorbei sei, aber erneut hatte ich mich geirrt.

‚Bleib so liegen!‘, befahl mir Mutti und verließ den Raum. Zum Glück hörte ich sie von außen die Tür abschließen, denn es wäre nicht auszudenken gewesen, wenn jemand hereingekommen wäre und mich mit hochgeschobenem Rock, verheultem Gesicht und über den Tisch gebeugt hätte liegen sehen.

Weil die Tür aber abgeschlossen war und Mutti für das Auf-schließen Zeit benötigen würde, traute ich mich, die zugewiesene Position zu verlassen. Rasch ließ ich Strumpfhose und Slip herunter und mit einigen Verrenkungen konnte ich meinen knallrot verfärbten Po sehen. Bei seinem Anblick bin ich ganz schön erschrocken! Gleichzeitig spürte ich erst jetzt ganz bewusst die enorme Hitze, die von ihm ausging. Rasch rieb ich mir die Pobacken mit beiden Händen, um wenigstens etwas Linderung zu bekommen. Geholfen hat es zwar nichts, aber in meiner Verzweiflung versuchte ich eben alles, um das furchtbare Brennen zu mildern.

Nach einiger Zeit hörte ich Mutti zurückkommen. Rasch zog ich die Hosen wieder hoch und legte mich über den Tisch. Beim Betreten des Raumes schien Mutti nicht zu merken, dass ich mich verbotenerweise bewegt hatte. Ein kurzer Seitenblick von mir ließ mich aber erblassen, denn sie hatte den Rohrstock dabei!

‚So, du Früchtchen', ließ sie sich vernehmen, ‚jetzt werde ich dich lehren, dass nicht ICH DICH blamiert habe, sondern DU heute MICH und deinen Vater blamiert hast.'

‚Nein, Mutti, bitte nicht den Stock', flehte ich sie an. ‚Nicht den Stock...Denk an die Gäste, was sollen die Leute sagen...Bitte nicht... nicht heute, morgen... bitte, bitte, erst morgen!' Natürlich hoffte ich, sie mit meiner Bereitschaft, mich am nächsten Tag der Strafe zu stellen, etwas gnädiger zu stimmen und zudem Zeit zu gewinnen. Wenn sie erstmal eine Nacht über die Sache geschlafen hätte, so meine Spekulation, würde sie mich morgen zwar immer noch mit dem Rohrstock züchtigen, aber vielleicht nicht mehr so hart wie jetzt, wo sie immer noch ganz schön wütend auf mich war.

Aber es half nichts! Mutti meinte nur trocken, dass das doch eine Familienfeier sei und deshalb auch der gelbe Onkel daran teilnehmen dürfe. Ich schaute sie wohl ziemlich belämmert an, denn sie lächelte etwas freudlos, bevor sie kommandierte: ‚Zieh die Strumpfhose bis zu den Knöcheln runter, schließlich soll sie nicht noch mehr Löcher bekommen. Und wenn du schon dabei bist, kannst du deinen Slip auch gleich fallenlassen.' An Muttis Stimme war zu merken, dass sie nur äußerlich ruhig wirkte, aber innerlich noch immer kochte. Deshalb wagte ich keine weiteren Widerworte, sondern ergab mich in mein Schicksal.

Kaum war meine Kehrseite vollkommen entblößt und mein Oberkörper wieder auf der Tischplatte zum Liegen gekommen, pfiff der Rohrstock auch schon durch die Luft und traf gleich darauf meinen Hintern. Ich hatte schon früher Schläge mit dem Stock bekommen, aber dieser Hieb war anders, eindeutig kräftiger. Mutti musste wahnsinnig sauer sein! Dann ging es richtig los: Hieb auf Hieb knallte sie mir hinten drauf, das Pfeifen des Rohrstocks nahm scheinbar kein Ende! Schon nach den ersten Hieben konnte ich mich nicht mehr beherrschen, und mein anfängliches Jammern ging schon beim fünften oder sechsten Hieb in wildes Geschrei über. Gleichzeitig fing ich an, mich wie ein Aal auf dem Tisch zu winden, um den Schmerzen zu entkommen. Am liebsten wäre ich aufgesprungen und wie ein Derwisch wild den Hintern reibend durch den Raum getanzt, aber weil ich Muttis Blick vor Augen hatte, wagte ich das natürlich nicht. Also krampfte ich meine Finger an der Tischplatte fest und hoffte, dass es bald vorbei sei. Alle Versuche, meine Selbstbeherrschung nicht zu verlieren, wurden jedoch mit zunehmender Anzahl von verabreichten Hieben schwerer und schließlich unmöglich. Irgendwann reichte sie nicht mehr aus, um die Strafe vollständig in der befohlenen Haltung zu verbüßen. Wegen der Härte der Hiebe sprang ich schließlich doch auf, aber nach einem kurzen Reiben meiner Pobacken beeilte ich mich, rasch wieder die Strafstellung einzunehmen. Nach ein paar weiteren Hieben sprang ich erneut auf, nur um mich gleich wieder zu bücken. Das wiederholte sich dann mehrmals in immer kürzer werdenden Abständen. Mutti sagte nichts dazu, vielleicht habe ich ihre Kommentare aber auch nur nicht mitbekommen. Mein Hintern brannte wie ein riesiges Feuer und die Schläge hörten immer noch nicht auf! Mein zwischenzeitlich sicher ohrenbetäubendes Gebrüll wurde mit der Zeit schwächer und erst als ich einfach nur noch heulend über dem Tisch lag und selbst zum Powackeln oder gar Aufspringen zu erschöpft war, hörte Mutti auf. Das bekam ich zuerst gar nicht mit, denn mein Hintern tat mir so weh, dass ich ohnehin nur noch Schmerzen verspürte und nicht unterscheiden konnte, ob noch neue hinzukamen. Erst als mir Mutti ein Taschentuch vor das Gesicht hielt und ziemlich barsch sagte, dass ich mir die Nase putzen solle, registrierte ich das Ausbleiben weiterer Hiebe. Gehorsam putze ich mir die Nase und wischte die Tränen weg, aber sofort kamen neue nach. Es dauerte einige Zeit, bis der Tränenfluss versiegt war. Dafür spürte ich die enormen Schmerzen auf meinem Hinterteil und die dort herrschende gewaltige Hitze umso mehr.

‚Du wirst jetzt deine Strumpfhose und den Slip ausziehen', befahl Mutti ungerührt, ‚etwas kühle Luft wird deinem Hintern gut tun. Danach werden wir wieder nach draußen gehen und weiterfeiern. Für den Rest des Tages bleibst du IMMER in meiner Nähe, selbst auf die Toilette wirst du nur mit meiner AUSDRÜCKLICHEN Erlaubnis gehen. Deine Volljährigkeit interessiert mich heute keinen Deut! Wenn du dich weiter als fünf Schritte von mir entfernst, landest du augenblicklich wieder hier beim gelben Onkel. Hast du das verstanden?'

‚Ja, Mutti', brachte ich flüsternd heraus. Ich entledigte mich der erwähnten Kleidungsstücke. Mein Hintern tat wegen der erhaltenen Prügel furchtbar weh und jede Bewegung war eine Qual, so dass das Ausziehen sicher etwas linkisch gewirkt hat. Dann ging es wieder hinaus auf den Hof. Den Rest des Tages versuchte ich im Stehen zu verbringen, aber zum Abendbrot musste ich mich dann doch setzen. Es war die Hölle! Als ob Millionen von Nadeln gleichzeitig in meinen Po gestochen wurden! Grauenhaft! Ich konnte nicht stillsitzen, was mir mehrer Ermahnungen meiner Mutter einbrachte. Das Schlimmste waren aber die Blicke von meinen Freunden und den übrigen Gästen. Oma flüsterte mir irgendwann zu, dass ich wohl tüchtig Dresche bekommen hätte, denn mein Gebrüll wäre trotz der guten Schallisolierung des Kellers deutlich auf dem Hof zu hören gewesen.

‚Aber du musst zugeben, Kind', lächelte Oma, ‚dass eine junge Dame nicht in Bäumen herumklettert und schon gar nicht in Festtagskleidung! Und wenn eine junge Dame so etwas doch tut, sollte sie kein Kleid anhaben und zudem sicher sein, dass ihre Eltern mindestens einen Kilometer weit weg sind.' Dabei zwinkerte sie mir zu.

Meine Hoffnung, dass wegen der recht guten Schallisolierung des Kellers meine Züchtigung geheim gehalten werden könnte, war nach Omas Worten dahin. Die Erkenntnis, dass alle von meiner Züchtigung wussten und zudem mein Wahnsinnsgeschrei mitbekommen hatten, trieb mir die Schamesröte ins Gesicht. Obwohl kein Nachbar oder Bekannter meiner Eltern jemals etwas gesagt hat, konnte ich ihnen in den ersten Wochen nach der Feier nicht in die Augen sehen, sosehr habe ich mich geschämt. Bei meiner Clique lief das zunächst genauso ab. Nachdem sich aber die beiden Jungs, die mich zu der Kletterpartie überredet hatten, dafür entschuldigt hatten, dass sie mich in diese Lage gebracht hatten, war das Eis zumindest in diesem Kreis gebrochen. Alle wollten danach meinen Hintern sehen und nach langem Zögern habe ich ihn gezeigt – auch den Jungs. Ihr Mitleid kam von ganzem Herzen und hat mir sehr, sehr gut getan. Ich hatte sogar den Eindruck, dass sie mich trotz meines Gebrülls für das Aushalten der Schläge bewundert haben. Vor den Erwachsenen schäme ich mich aber heute noch! Das war der peinlichste Tag in meinem Leben!"

Damit schloss Julia ihren Bericht. Ich zog sie tröstend in meine Arme und wir verbrachten eine schöne Nacht miteinander. Dabei musste ich immer wieder an den Partykeller denken, dessen nicht perfekte, aber recht gute Schallisolierung ich inzwischen von anderen Feiern her kannte. Wenn die Leute damals trotzdem Julias Gebrüll hatten hören können, musste sie an diesem Tag die schlimmsten Prügel ihres Lebens bekommen haben! Arme Julia! Aber ihre Oma hatte natürlich Recht: Wenn man schon über die Stränge schlägt, sollte man es nicht vor den Augen der Eltern tun, weil die sich dann provoziert fühlen und das Vergehen, ob volljährig oder nicht, entsprechend hart bestrafen.

Ein paar Tage später standen Julia und ich wieder einmal im Garten unter den Apfelbäumen. Julia zeigte auf einen von ihnen und meinte, dass sie jedes Mal, wenn sie diesen Baum sehe, ein leichtes Kribbeln auf ihrer Kehrseite zu spüren meine. Ich nickte verstehend und drückte sie an mich. Dann standen wir eine Weile unter dem Baum und jeder hing seinen Gedanken nach.

M/M-Geschichten

Die Mitternachtsmesse

Die Weihnachtszeit ist für Kinder eine spannende Zeit. Überall gibt es verlockende Angebote für Spielwaren, von dem reichhaltigen Angebot von Süßigkeiten ganz zu schweigen. Als Jugendlicher sieht man das schon etwas anders, weil sich die Interessen vom Spielzeug zum anderen Geschlecht verlagert haben.

Für mich als katholischen Jungen bedeutete die Weihnachtszeit jedoch zusätzlichen Stress: Ab einem gewissen Alter war es üblich, dass man Messdiener werden wollte. Eigentlich wollte ich das ja nicht werden, aber weil meine besten Freunde sich entsprechend engagierten, mochte ich nicht nachstehen. Also meldete auch ich mich beim Pfarrer und wurde tatsächlich genommen. Angesichts der großen Zahl von Messdienern brauchte ich zum Glück nicht jeden Sonntag im Gottesdienst dienen, gleichwohl war meine Anwesenheit erwünscht. Trotzdem konnte ich mich das eine oder andere Mal drücken, denn der Kirchgang ließ sich nicht immer mit den Folgen des samstagabendlichen Discobesuches vereinbaren.

An Weihnachten fand traditionell um Mitternacht eine Messe statt, für die logischerweise vier Messdiener benötigt wurden. Bedauerlicherweise erwischte es auch mich. Das war besonders ärgerlich, weil ich die Nacht vom 23. auf den 24. Dezember mit meiner damaligen Freundin verbracht hatte und es sehr, sehr spät geworden war. Wegen der Vorbereitungen für das Weihnachtsessen und der deswegen eintreffenden Verwandtschaft konnte ich am 24. Dezember nicht wie sonst üblich bis mittags schlafen, sondern musste recht früh aufstehen. Entsprechend groß war meine Müdigkeit. Die Aussicht, um Mitternacht auch noch als Messdiener tätig zu sein, war daher nicht gerade motivierend. Dennoch tat ich mein Bestes um durchzuhalten.

Den Tag habe ich auch ganz gut herumbekommen, zumal ich mich am Nachmittag für zwei Stunden loseisen konnte. Anstatt mich jedoch hinzulegen und etwas Schlaf nachzuholen, habe ich mich lieber mit meiner Freundin getroffen und herumgeschmust. Dann war es plötzlich Abend, die Bescherung fand statt und schließlich war es soweit, dass ich zur Kirche fahren musste. Der Gottesdienst begann pünktlich um Mitternacht und eigentlich lief alles ganz gut. Leider überkam mich ungefähr ab der Mitte der Messe die Müdigkeit, der Körper forderte seinen Tribut. Ich versuchte mit allen Mitteln, ein Gähnen zu verhindern. Wie ich glaubte, war mir das auch sehr gut gelungen. Auch als der Pfarrer nach der Messe sagte, dass er mich um Punkt neun Uhr (wir hatten ja bereits ein Uhr morgens und damit schon den neuen Tag) sprechen wolle, ahnte ich noch nichts Böses. Im Gegenteil, ich dachte sogar an ein kleines Geschenk, weil ich in der Mitternachtsmesse gedient hatte.

Am anderen Morgen war ich übermüdet, aber pünktlich im Pfarrhaus, wo mich der Pfarrer empfing und in sein Büro führte. Noch während er in seinem Schreibtischstuhl Platz nahm, sagte er mit strenger Stimme: „Nun, ich höre."

„Äh…“, war das Einzige, was ich in dem Moment heraus-brachte. Ich hatte keine Ahnung, worauf er hinauswollte.

„Glaubst du etwa, dass mir dein ständiges Gähnen während der Mitternachtsmesse entgangen wäre?“, kam es scharf zu-rück. „So etwas gehört sich nicht!“

„Nun, ich… Also, ich…“ versuchte ich mich zu rechtfertigen, aber irgendwie fielen mir keine guten Argumente ein. Also tat ich das aus meiner Sicht einzig Richtige: „Tut mir leid!“, mur-melte ich und versuchte ein reumütiges Gesicht zu machen. Aber damit war die Sache noch nicht vorüber: Anstatt meine Entschuldigung anzunehmen, bohrte der Pfarrer weiter, bis ich ihm von dem langen Treffen mit meiner Freundin am Vor-abend und die deshalb verkürzte Nacht gestanden hatte.

„Habt ihr auch Unzucht getrieben?“, wollte er nun von mir wissen.

Natürlich hatten wir intensiv geschmust, aber das konnte ich doch unmöglich gegenüber einem Mann der Kirche zugeben. Also leugnete ich auch auf seine Nachfrage jegliche Intimität, aber mein vor Scham tomatenrotes Gesicht musste mich ver-raten haben.

„Überleg dir gut, was du sagst! Eines der zehn Gebote lautet schließlich ‚Du sollst nicht lügen!‘“

Eingeschüchtert von seinem strengen Blick und der Schärfe seiner Stimme knickte ich schließlich ein und gestand die Schmuserei und das Knutschen mit meiner Freundin. Immer-hin waren wir beide siebzehn Jahre alt und durften durchaus etwas Spaß miteinander haben. Dachte ich zumindest.

Der Pfarrer legte seine Finger aneinander und hielt die Hände nachdenklich vor sein Gesicht. Offensichtlich dachte er über mein Geständnis nach. Dabei ließ er sich viel Zeit. Je länger es dauerte, desto unwohler fühlte ich mich unter seinem Blick und wurde immer nervöser. Schließlich hatte er eine Entscheidung gefällt.

„Du hast dich unmoralischer Handlungen schuldig gemacht, außerdem hast du gelogen und dich während der Messe unmöglich aufgeführt. Für einen Messdiener sind das sehr viele Verfehlungen auf einmal. Wie willst du dafür sühnen?"

Ich schluckte schwer. Offensichtlich wollte er mich als Messdiener rauswerfen, was ich sogar verstehen konnte. Andererseits wäre die Peinlichkeit für mich unendlich groß gewesen, denn wie sollte ich das meiner Familie erklären? Trotzdem fiel mir keine Antwort auf die frage der Sühne ein. Hilflos zuckte ich mit den Schultern: „Ich weiß nicht", flüsterte ich.

„Im Religionsunterricht bist du immer sehr gut und bislang hast du dir auch sonst keine Verfehlungen zuschulden kommen lassen. Oder?" Ein stahlharter Blick traf mich, unter dem ich unwillkürlich zusammenzuckte. „Nein", antwortete ich wahrheitsgemäß, „Ich habe immer alles gebeichtet, mehr gibt es nicht."

Gut", nickte der Pfarrer zufrieden, „Dann bist du doch noch nicht so verdorben, wie ich befürchtet habe. Aber diesmal hast du deutlich schwerere Verfehlungen begangen als das gelegentliche Schwänzen des Kirchganges. Deshalb verhänge ich folgende Strafen: In den nächsten drei Monaten wirst du an jedem Samstag als Messdiener tätig sein."

Ich schluckte, denn die Samstagabendmesse war unter den Messdienern der unbeliebteste Termin, weil sich die Messe mit der Sportschau und damit den Berichten aus der Fußball-Bundesliga überschnitt. Trotzdem nickte ich sofort freudig, denn mit dieser Strafe war ich immerhin noch Messdiener und wurde nicht rausgeworfen.

„Ich bin noch nicht fertig!", fuhr der Pfarrer fort, „Außerdem sollst du eine sofortige und eindrucksvolle Strafe erhalten, die hoffentlich Eindruck hinterlassen wird. Ich werde dir jetzt auf der Stelle deinen Hintern versohlen." Während er in mein entsetztes Gesicht sah, ergänzte er: „Für jedes deiner drei Vergehen werde ich dir dreißig Hiebe mit dem Rohrstock verabreichen und hoffe, dass du dir der Gnade und Geringfügigkeit der Strafe bewusst und daher dankbar bist."

Wieder sah er mir scharf ins Gesicht. Ich schluckte und war wohl auch ziemlich blass. Er musste zweimal nachfragen, ob ich die Strafe annehmen würde. Die Alternative wäre meine sofortige Entfernung aus dem Dienst als Messdiener mit der entsprechenden Schande für mich gewesen. In einer kleinen Gemeinde wie der unsrigen wäre das natürlich der Super-GAU gewesen. Also schluckte ich tapfer und nahm die Strafe an. Mein Herz war da aber schon in die Hose gerutscht.

Der Pfarrer nickte nur. Dann ging er zu einem Schrank hinüber und entnahm ihm einen Rohrstock. Beim Anblick des

Strafinstrumentes wurde mir fast übel, denn mir dämmerte langsam, dass ich damit n e u n z i g Hiebe empfangen sollte. Langsam trat der Pfarrer wieder auf mich zu: „Die Strafe werde ich auf dein nacktes Hinterteil vollstrecken, also zieh deine Schuhe, Strümpfe und Hosen aus", befahl er.

Ich zögerte. Natürlich hatte er mich und die anderen Messdiener schon oft in unserer Unterwäsche gesehen, wenn wir uns die Messgewänder übergeworfen haben. Aber das war irgendwie anders als die jetzige Situation. Jetzt sollte ich Schläge bekommen, da war das Freilegen der Straffläche etwas ganz anderes.

Natürlich hatte der Pfarrer mein Zögern bemerkt. Ohne weiter auf meine offensichtliche Scham einzugehen, befahl er mir nochmals das Ablegen der für die Bestrafung hinderlichen Kleidung. Als Antriebsmittel begann er zu zählen, nachdem er mir angekündigt hatte, dass er beim Erreichen der Zehn meine Strafe in einen Rauswurf umwandeln würde.

Der Schock, den diese Worte in mir auslösten, saß tief. Die Starre löste sich erst, als er schon bei Drei angekommen war. Dann kam Bewegung in mich und in Windeseile zog ich die genannten Kleidungsstücke aus und stand schließlich in Unterhemd, Oberhemd und Unterhose vor ihm.

Du hörst schlecht, wie?", fragte er säuerlich. „Habe ich nicht gesagt, dass ich dein nacktes Hinterteil bestrafen will und du deine Hosen ausziehen sollst? Glaubst du, dass dein Hinterteil nackt ist, wenn du eine Unterhose trägst?"

Ich spürte, wie die Schamesröte mein Gesicht tiefrot verfärbte und zugleich die Angst, wegen dieses Fehlers doch noch rausgeworfen zu werden, Besitz von mir ergriff.

„Bi-Bitte entschuldigen... Sie", schluchzte ich, „Es ist nur... Ich... Also... Ich schäme mich, wenn ich nackt... also nackt sein soll."

„Wenn du Messdiener bleiben willst, musst du die Strafe für deine Vergehen ertragen. Ich will das Anbehalten deiner Unterhose als Versehen werten, aber damit es nicht noch einmal zu einem solchen Versehen kommt, wirst du dich jetzt vollkommen nackt ausziehen. Also leg deine gesamte Kleidung ab und bück dich dann über den Sessel dort drüben."

Mit knallrotem Kopf legte ich meine Oberbekleidung ab und schlüpfte aus der Unterhose. Dann beeilte ich mich, die vorgegebene Strafposition einzunehmen, weil ich auf diese Weise mein entblößtes Glied verbergen wollte.

Kaum lag ich über der Rückenlehne des Sessels, als der Pfarrer schräg hinter mich trat. „Bereit?", fragte er, worauf ich bestätigend nickte. Die Scham über meine Nacktheit und die Schande der Züchtigung mit einem Rohrstock hatten mir die Sprache geraubt.

Dann ging es auch schon los! Mit einem für mich hässlichen Sirren sauste der Rohrstock durch die Luft und traf auf meine nackten Globen. Er bohrte sich tief in sie hinein und hinterließ beim Zurückschwingen eine hässliche rote Linie. Beim Auftreffen des Stockes schrie ich gellend auf und drückte meinen Unterleib fest gegen die Rückenlehne des Sessels in der

Hoffnung, auf diese Weise dem gelben Onkel entkommen zu können. Natürlich war das nicht möglich. Wimmernd und mit dem Po wackelnd blieb ich liegen und versuchte mich wieder zu beruhigen. Zwar hatte ich gesehen, dass der Rohrstock recht dünn war, aber auf eine solche Giftigkeit war ich nicht vorbereitet! Zum Glück hatte der Pfarrer insoweit ein Einsehen mit mir, dass er das Zählen der Hiebe selber übernahm. Das war auch gut so, denn schon nach dem ersten Dutzend der mir zugedachten Hiebe wäre ich nicht mehr in der Lage gewesen, richtig zu zählen.

Während der ersten Hiebe nahm ich das Zischen und das Geräusch des Aufpralls halbwegs deutlich war, bevor die Wellen von heißen Schmerzen meinen Körper durchfluteten. Der Stock biss in meine Hinterbacken und furchte sie gründlich durch! Schon bald hatte ich das Gefühl, dass mein Hintern in lodernden Flammen stand, so heiß fühlte er sich an. Mein ‚Gesang' wurde auch mit jedem Hieb lauter und schriller, während der Tanz meines immer stärker gestriemten Hinterteils an Heftigkeit zunahm. Der Pfarrer wartete nach jedem Schlag, bis ich mich wieder halbwegs beruhigt hatte, damit ich die Schmerzen des nächsten Hiebes auch intensiv spürte und damit in den ‚Genuss' der vollen Strafe kam.

So ungefähr nach zwanzig bis fünfundzwanzig Hieben brannte mein Gesäß wie Feuer und ich verspürte nur noch Schmerzen. Weder das Zählen des Pfarrers noch das Sirren des Rohrstocks nahm ich jetzt noch bewusst wahr, weil ich einfach zu sehr mit mir und den Schmerzen beschäftigt war.

Der Rohrstock war ein sehr giftiges Teil, das sich geradezu in die zarte Haut meiner Kehrseite hineinfräste und dort nach jedem Schlag eine Schneise der Verwüstung in Form von tiefroten Striemen hinterließ. Mühsam umklammerten meine Hände während der Züchtigung die Sessellehnen, denn ich wusste instinktiv, dass ich auf gar keinen Fall aufspringen durfte! Die Handgelenke waren schon bald weiß vor Anstrengung, aber noch schaffte ich es, während ein brennender Hieb nach dem anderen meinen nackten Po zerfetzte.

Schließlich hielt der Pfarrer inne und erlaubte mir, mich aus meiner Strafposition zu erheben. Es dauerte einige Zeit, bis ich verstand, dass die ersten dreißig Hiebe aufgezählt waren und ich deshalb kurz in der Ecke knien und mich erholen durfte. Obwohl meine Beine ständig wegzuknicken drohten schaffte ich es, die angezeigte Ecke zu erreichen. Dort fiel ich auf die Knie und wollte mich auf den Fersen niederlassen, aber kaum berührte mein Hintern die Hacken, durchfuhr mich ein fürchterlicher Schmerz. Mit einem leichten Aufschrei hob ich sofort meinen Po an und blieb aufrecht, also mit geradem Rücken knien.

Nachdem ich so einige Zeit zugebracht hatte, rief mich Hochwürden wieder zu sich und befahl mir das erneute Überlegen. Zuvor reichte er mir als Erfrischung ein Glas Wasser, das ich dankbar und gierig austrank. Dabei war es mir vollkommen egal, dass ich ihm schamloserweise meine entblößte Vorderseite zugewandt hatte, was ich ja anfangs noch tunlichst vermieden hatte. Inzwischen lenkte mich das Brennen meines Hinterteils von solchen Dingen ab. Ich wollte nur noch die Schläge überstehen, alles andere war in diesem Moment für mich unbedeutend.

Mit leichtem Widerwillen nahm ich schließlich wieder die Strafstellung ein. Gleich darauf ging es wieder los: Der Rohrstock sauste erneut herab und weil er keine Fläche mehr für Längshiebe fand, ließ der Pfarrer das Strafinstrument nun quer auf meinem Hintern landen. Damit überschnitten sich die neuen Striemen mit den vielen Längshieben, was gerade in den Überschneidungen besonders schmerzhaft war. Für mich war das besonders fatal, denn ich verspürte nun bei jedem neuen Hieb einen gewaltigen Schmerz, der alle bisherigen Schmerzen in den Schatten stellte. Der Pfarrer hatte eine sehr, sehr gute Handschrift und die entfaltete gerade bei den sich überschneidenden Hieben ihre für mich verheerende Wirkung. Nach jedem Hieb wäre ich am liebsten aufgesprungen und weggelaufen, aber zum Glück hatte ich mich immer rasch wieder im Griff und lag, inzwischen hemmungslos heulend, über der Sessellehne. Der Pfarrer hatte meine Probleme beim Einhalten der Strafposition natürlich erkannt und fesselte mir zwischendurch gnädigerweise die Hände und Füße an die Sesselbeine. Dann setzte er die Bestrafung fort. Hieb auf Hieb prasselte auf meinen Hintern nieder, jeder einzelne überschnitt sich mit den Striemen der ersten dreißig Schläge. Ich schrie nach jedem Schlag gellend auf und heulte unentwegt Rotz und Wasser. Aber nichts konnte den Pfarrer erweichen! Ruhig und gelassen wartete er, bis ich mich von dem vorhergehenden Schlag etwas erholt hatte, dann erst gab es den nächsten Hieb. Die Schmerzen wurden immer unerträglicher und ich riss wild an den Fesseln. Die Folge war, dass ich mir dabei die Handgelenke aufgescheuert habe, aber die Hiebe mit dem Rohrstock bekam ich trotzdem vollständig aufgezählt. Die Hiebe der ersten Serie hatten meinem Hintern schon übel zugesetzt, aber mit Ausnahme der hässlichen Striemen hatte ich die Schläge noch halbwegs gut verkraftet. Die zweite Serie ließ jedoch die gespannte Haut nach und nach aufplatzen, insbesondere an den Stellen, an denen sich die Hiebe überschnitten. Schon bald flossen, von mir unbemerkt, kleine dünne Rinnsale von Blut aus der aufgesprungenen Haut. Der Pfarrer erkannte das Problem und bemühte sich, die Schäden so gering wie möglich zu halten. Trotzdem schenkte er mir nichts: Weder erließ er mir auch nur einen Hieb noch reduzierte er die Wucht der Schläge. Ich musste meine Strafe in vollem Umfange verbüßen, aber im Grunde war ich ja selber schuld: Warum hatte ich auch die Schmuserei und das Herumgeknutsche zuerst geleugnet? Ohne diese Lüge wäre ich nur für die unmoralische Handlung und das ungebührliche Verhalten, nämlich das unentwegte Gähnen während der Messe, bestraft worden. Statt neunzig hätte ich dann ,nur' sechzig Hiebe bekommen und hätte also gleich alles überstanden gehabt. Stattdessen wartete nun eine weitere Serie von dreißig Hieben auf mich und die zweite war noch nicht mal ganz vollstreckt. Verzweiflung machte sich breit und ich fing daher an, um Gnade zu betteln, gelobte Besserung, Reue und versprach einfach alles, was mir gerade durch den Kopf ging. Der Pfarrer ließ sich davon nicht beeindrucken und zählte mir konsequent einen Hieb nach dem anderen auf, bis die zweite Serie endlich vollstreckt war.

Diesmal durfte ich allerdings nicht in die Ecke, weil der Pfarrer Sorge hatte, dass ich mich danach der Fortsetzung meiner Bestrafung verweigern würde. Also ließ er mich gefesselt über dem Sessel liegen. Freundlicherweise flößte er mir aber ein paar Glas Wasser ein und sprach dabei ein paar tröstende Worte. Diese konnten mich zwar nicht wirklich beruhigen und schon gar nicht die auf meinem Hintern hin- und herrasende Feuersbrunst löschen. Dennoch tat es gut, eine freundliche Stimme und nette Worte zu hören. Langsam beruhigte ich mich, zumindest soweit das die lodernden Flammen zuließen.

Nach einer mir viel zu kurz erscheinenden Zeitspanne begann der Pfarrer schließlich mit der dritten und letzten Serie von Hieben. Wegen meines bereits übel zugerichteten und an mehreren Stellen leicht blutenden Hinterteiles platzierte er die letzten Schläge auf die Rückseite meiner Oberschenkel. Dieser eigentlich als Gnadenakt gedachte Zielwechsel war sicher sehr gut gemeint, aber weil die Schenkel noch empfindlicher als der Po sind, stiegen die Schmerzen nochmals gewaltig an. Nun erlebte ich noch schlimmere Feuersbrünste als ich für möglich gehalten hatte.

Hieb auf Hieb sauste nieder und meine Schreie wurden wieder lauter, wenn auch die Stimme immer öfter versagte. Hinzu kam das Gefühl, dass die Hiebe nun schneller aufeinander folgten, der Pfarrer also nicht mehr abwartete, bis ich mich vollständig beruhigt hatte. Wahrscheinlich hatte er nun doch Mitleid mit mir. Wegen der schnelleren Folge überschnitten sich die Schmerzen des einen Hiebes mit denen des folgenden sowie des vorhergehenden, was mir geradezu die Hölle bereitete, aber auch wieder gnädig war. Immerhin erhielt ich meine volle Strafe, ohne die gesamten Schmerzen zu realisieren. Aber bis es vorbei war, dauerte es noch einige Zeit.

Schließlich war es aber doch überstanden! Von mir zunächst unbemerkt, hatten die Hiebe aufgehört. Erst nach und nach konnte ich wieder halbwegs klar denken und nahm die Umwelt um mich herum wieder wahr. Der Pfarrer löste zunächst meine Bein-, dann auch meine Handfesseln und damit wusste ich, dass ich es tatsächlich überstanden hatte. Vollkommen erschöpft sank ich auf den Fußboden und atmete tief durch. Der Sessel war von meinen Tränen klatschnass. Nur langsam kehrten auch die letzten meiner Lebensgeister zurück, aber damit einhergehend nahm ich die Schmerzen auf meinem Gesäß und den Schenkeln leider auch sehr deutlich wahr.

Der Pfarrer erlaubte mir, die Toilette des Pfarrbüros zu benutzen, wo ich mir das Blut vom Po wusch. Das war eine sehr schmerzhafte Angelegenheit und ich habe dabei mehr als einmal laut aufgestöhnt. Als auch die letzte Blutung gestillt und ich mein Gesicht zur Erfrischung unzählige Male mit kaltem Wasser gewaschen hatte, fühlte ich mich wieder soweit hergestellt, um dem Pfarrer unter die Augen treten zu können.

Zurück im Arbeitszimmer durfte ich mich anziehen. Mit ein paar Ermahnungen entließ er mich nach Hause, nicht ohne mich zuvor an meine zusätzlichen Dienste als Messdiener erinnert zu haben.

Zuhause kam ich gerade rechtzeitig zum Mittagessen an. Ich erzählte etwas von einer kleinen Dankesrede wegen des bei der Mitternachtsmesse geleisteten Dienstes und entschuldigte mich dann recht schnell wegen kirchlicher Verpflichtungen. Natürlich wollte ich trotz meines Hungers nicht am Mittagstisch sitzen, weil ich mit meinem völlig verstriemten Po nicht hätte sitzen können. Für das Abendbrot polsterte ich meine Hose sehr gewissenhaft aus. Die zusätzlichen Dienste als Messdiener habe ich in den folgenden drei Monaten mit der erforderlichen Hingabe geleistet und auch sonst bereitete ich dem Pfarrer keinen Grund mehr zum Ärgern. An den ersten Tagen nach der Züchtigung drückte ich mich unter fadenscheinigen Ausreden vor einem Treffen mit meiner Freundin, denn ich wollte nicht, dass sie meine Striemen sah. Nach einer Woche stellte sie mich aber zur Rede und kleinlaut gestand ich alles. „Das ist doch kein Malheur", sagte sie zu meiner Überraschung, „Ich bekomme bei

Verstößen entweder den Riemen oder, bei schlimmeren Vergehen, den Rohrstock." Dann musste ich ihr meine Striemen zeigen und sie lobte die gute Handschrift unseres Pfarrers. Die Hiebe hatten es aber auch in sich!

Obwohl das Ganze nun schon viele Jahre zurückliegt, denke ich jedes Jahr an Weihnachten an diese Züchtigung durch den strengen, aber gerechten Pfarrer. Auch in diesem Jahr werde ich am 25. Dezember aus Dankbarkeit, dass er mich damals nicht als Messdiener rausgeworfen hat, auf sein Seelenheil trinken.

Nachhilfe beim Sport

Es war ein komisches Gefühl, nachmittags um 15 Uhr das Schulgebäude zu betreten. Die Gänge, in denen morgens die Schüler des Gymnasiums herumtobten, lagen nun still und verlassen vor mir und wirkten geradezu gespenstisch. Rasch ging ich durch die beiden Gänge zur Turnhalle und musste feststellen, dass die Türen der Umkleidekabinen verschlossen waren. Offensichtlich war mein Sportlehrer, Herr Schwarz, noch nicht da.

Während ich auf ihn wartete, breitete sich in meinem Magen ein flaues Gefühl aus, dass mir langsam die Kehle zuzuschnüren begann. Es war aber auch eine komische Situation, in der ich mich befand: Gerade volljährig geworden und in die zwölfte Klasse gehend, begannen bereits alle Noten irgendwie für das Abitur zu zählen oder würden zumindest auf dem Zeugnis erscheinen. Bei einigen Fächern war das vollkommen unproblematisch, bei anderen musste ich mich gewaltig anstrengen und tüchtig auf den Hosenboden setzen, um akzeptable Noten zu erzielen. Aber auch das klappte ganz gut. Nur im Sportunterricht war ich eine absolute Niete, und das in so ziemlich allen Sportarten. Nur den Langstreckenlauf bekam ich ganz gut hin, aber nun, im Winterhalbjahr, standen Boden- und Geräteturnen auf dem Programm. Beides waren ganz große Schwachstellen von mir.

Unser Sportlehrer, der besagte Herr Schwarz, war sehr gewissenhaft und bewertete streng, aber gerecht. Er war auch sehr bemüht, den schwächeren Schülern den ‚Koffer' (also die Note ‚Fünf') oder gar den ‚Überseekoffer' (die Note ‚Sechs') zu ersparen – was bei allen mit Ausnahme von mir auch gut klappte. Ich dagegen war eine harte Nuss.

Nachdem das Schuljahr bereits zwei Wochen alt war und in wenigen Wochen das erste Turnen auf Noten stattfinden sollte, hatte mich Herr Schwarz in der gestrigen großen Pause zu sich beordert. Dort machte er mir klar, dass nach seiner Einschätzung meines Leistungsvermögens auch diesmal wieder die obligatorische ‚Sechs' im Winterhalbjahr drohte, weil ich mich ohne Langlauf wohl kaum auf eine ‚Vier' retten könnte.

„Du weißt, dass ab jetzt alle Noten, auch die vom ersten Halbjahr, auf dem Abschlusszeugnis erscheinen werden?"

Ich nickte stumm. Der Gedanke daran ließ Übelkeit in mir aufsteigen.

„Eine ‚Sechs' sieht darin scheiße aus, auch wenn es nur Sport ist und du etwas ganz anderes studieren wirst."

Wieder nickte ich nur.

„Ich bin kein Unmensch, und würde dir einen Vorschlag zur Verbesserung der Note machen. Bist du interessiert?"

Erneutes Nicken. So langsam sollte ich wohl etwas sagen, sonst würde Herr Schwarz mich noch für stumm halten.

„Dein Problem scheint fehlendes Selbstvertrauen in deine sportliche Leistungsfähigkeit zu sein. Das bekommst du nur durch Übung, aber auch nur dann, wenn dich bei einem Misserfolg niemand auslacht – so wie im Sportunterricht. Die Lösung für dein Problem heißt Nachhilfe."

„Nachhilfe?", echote ich, „Wie soll denn so etwas im Sport gehen?"

„Ganz einfach: Dreimal die Woche für zwei Stunden kommst du in die Turnhalle, und ich lasse dich an den Geräten üben, die für die Zensurenvergabe wichtig sind. Da nur wir beide anwesend sein würden, wird dich niemand bei einem Fehlversuch auslachen und du kannst ungestört üben. Irgendwann wirst du den Bogen raus haben."

In meinem Gehirn begann es zu arbeiten. Das hörte sich gut an, denn der Spott meiner Mitschüler machte mir schon zu schaffen.

„Außerdem", fuhr Herr Schwarz fort, „werde ich dir, wenn du zehnmal pünktlich zur Nachhilfe gekommen bist, wegen deiner ‚außerordentlichen Bemühungen' keine ‚Sechs', sondern eine ‚Fünf' geben, falls du trotzdem die Übungen beim Wertungsturnen nicht schaffen solltest."

Das klang nun sehr gut! Eine ‚Fünf' war zwar auch nicht toll, aber allemal besser als eine ‚Sechs'!

„Allerdings erwarte ich von dir Disziplin – im Sportunterricht bist du manchmal sehr nachlässig und versuchst, dich vor den Übungen zu drücken. Bei der Nachhilfe geht das nicht!"

Das leuchtete mir ein. Aber die Verbesserung um eine Note war eine sehr große Verlockung, der ich nicht widerstehen konnte. Deshalb beeilte ich mich, ein „Einverstanden!" von mir zu geben.

„Gut, aber schlaf trotzdem noch eine Nacht drüber. Wenn du es morgen immer noch willst, erwarte ich dich um 15 Uhr vor

der Umkleidekabine. Da die Nachhilfe kein normaler Sportunterricht ist, erwarte ich dich nicht in deinem üblichen Mode-
dress, sondern im weißen Doppelripp-Unterhemd mit Trägern,
einer schlichten blauen Turnhose und weißen Socken."

„Warum ein weißes Unterhemd mit Trägern?", fragte ich
verblüfft.

„Weil das ‚Turnerhemd' heißt und genau das willst du ja
lernen: Das Turnen."

„Aha", machte ich. Gleich darauf ritt mich aber der Teufel:
„Sie haben in ihrer Aufzählung die Unterhose vergessen – soll
die auch aus weißem Doppelripp sein oder soll ich sie weglas-
sen?" Ein leichtes Grinsen überzog mein Gesicht.

Herr Schwarz sah mein Grinsen, überlegte kurz und meinte
dann: "Genau, lass deinen Slip, die Shorts oder was auch
immer du als Unterhose trägst, weg."

Jetzt schaute ich etwas dümmlich drein.

Zu Hause angekommen, hatte ich meinen Kleiderschrank
auf der Suche nach der vorgeschriebenen Kleidung durchfors-
tet. Tatsächlich wurde ich fündig, wenngleich die blaue Turnhose schon etwas älter und damit eine Nummer zu klein war
und, nachdem ich mich mit etwas Mühe hineingeschlängelt
hatte, sehr eng saß. Dafür hatte sie einen Innenslip, der mir
den Verzicht auf meinen üblichen Slip erleichterte.

Das alles ging mir wieder durch den Kopf, als ich am anderen Tag vor der Umkleidekabine auf Herrn Schwarz wartete.
Um Punkt 15 Uhr öffnete er die Tür von innen und ließ mich
eintreten.

„Zieh dich um, aber trödele nicht rum. Du hast fünf Minuten!"
Damit ließ er mich alleine zurück. Nun wurde mir noch flauer im Magen. Ob es wirklich richtig war, was ich hier tat? Dann dachte ich wieder an die Chance, alleine durch meine Teilnahme an der Nachhilfe meine Zensur verbessern zu können. Eine ‚Fünf' wäre zwar auch alles andere als toll, aber vielleicht könnte ich meine Leistungen durch das regelmäßige Boden- und Geräteturnen tatsächlich so weit steigern, dass ich mich vielleicht sogar auf eine ‚Vier' retten könnte – das wäre super, damit könnte ich sehr gut leben und die Optik des Zeugnisses wäre nur ein wenig getrübt anstatt einen Schandfleck zu bergen!

Bei dem Gedanken an die möglichen Chancen verschwand das flaue Gefühl etwas. Dafür machte sich nun Nervosität breit, denn die strikte Bekleidungsvorschrift irritierte mich. Als ich mich in dem winzigen Spiegel der Umkleidekabine in meinem Dress betrachtete, kam ich mir irgendwie albern vor. Vor allem das Trageverbot für Slip oder Shorts bereitete mir Kopfzerbrechen, denn wie wollte er das kontrollieren? Er würde mir doch nicht in die Hose schauen, oder etwa doch?

Plötzlich zerriss ein gellender Pfiff aus einer Trillerpfeife die Stille. Erschrocken fuhr ich zusammen, bevor ich realisierte, dass der Pfiff mir galt und ich in die Halle kommen sollte. Offensichtlich hatte ich mit meinen Gedanken die Zeit vergessen und die fünf Minuten waren um. Daher betrat ich rasch die Turnhalle, die jetzt, da nur Herr Schwarz und ich uns in ihr aufhielten, noch viel größer wirkte. Noch viel gespenstischer wirkten auf mich allerdings die aufgebauten Sportgeräte: Neben dem Bock gab es noch ein Reck sowie mehrere auf dem Boden verteilte Matten.

„So, du sportliche Niete, jetzt wird es ernst", empfing mich Herr Schwarz sehr ernst, „Schau dir die Sachen ruhig an, an denen wirst du heute üben, wir werden keines auslassen. Diese Geräte und noch ein paar andere werden nämlich über die Sportnote in diesem Halbjahr entscheiden, und ich will nicht, dass du versagst. Immerhin wirst du jetzt intensiv trainieren und kannst dich nicht wie im Unterricht immer nach hinten mogeln in der Hoffnung, dir damit einen Durchgang zu ersparen."

Als ich ihn erstaunt ansah, grinste Schwarz: „Natürlich habe ich deinen Trick durchschaut, schließlich bin ich schon ein paar Jahre Lehrer und habe einiges mitbekommen. Außerdem", fuhr er nach einer kurzen Pause fort, „kannst du hier nicht die gleiche Show wie sonst abziehen und die Übungen schon im Ansatz verpatzen, damit der Nächste in der Reihe übernimmt und du dich wieder hinten einreihen kannst."

Verlegen trat ich von einem Fuß auf den anderen. Der Mann hatte mich durchschaut, aber ich betrachtete mein Verhalten im Unterricht als Notwehr, denn Sport war absolut nicht mein Ding. Zumindest nicht Boden- und Geräteturnen, denn zum einen fehlte es mir an Kraft in den Armen, zum anderen hatte ich einen Mordsbammel vor einer Rolle am Reck oder den unsanften Landungen auf dem Bock oder den Kästen – die Dinger zu überspringen hatte ich bislang noch nie geschafft. Dazu der Spott meiner Mitschüler – da musste ich doch einfach tricksen!

„Okay", kommandierte Schwarz, „fangen wir an. Als erstes wirst du zum Aufwärmen fünfmal die Halle umrunden. Ab geht's!"

Ein Pfiff aus seiner Trillerpfeife gab das Startsignal, und ich trabte brav los. Laufen machte mir Spaß, und fünf Runden waren nicht die Welt. Trotzdem war es schon ein komisches Gefühl, ganz alleine durch die Halle zu laufen, deren Dimensionen dabei immer weiter zuzunehmen schienen.

„Schneller, du lahme Ente!", drang die Stimme meines Sportlehrers an mein Ohr, und sofort zog ich das Tempo etwas an.

Nach dem kurzen Lauf musste ich ein paar Dehnungsübungen machen, dazu Knie- und Rumpfbeugen. Als auch dieser Programmpunkt absolviert war, sollte der Ernst der Nachhilfestunden beginnen. Zuvor erklärte mir Herr Schwarz aber noch eine besondere Regel: „Damit du dich auch wirklich anstrengst, habe ich hier eine kleine Motivationshilfe mitgebracht." Dabei hielt er ein offensichtlich ledernes Paddle hoch. „Damit setzt es was, wenn ich mit deinem Einsatz nicht zufrieden bin. Und damit du weißt, was dich erwartet, bekommst du jetzt drei Schläge zum Kennen lernen. Aber zuerst will ich mal sehen, ob du nicht zuviel Schutzkleidung anhast." Bei diesen Worten trat er dicht an mich heran, zog den Bund meiner Turnhose nach vorne und warf einen prüfenden Blick hinein.

Ich wusste, dass er nun meine nackten Genitalien sehen würde und wäre vor Scham am liebsten im Boden versunken.

Bevor ich aber in irgendeiner Form reagieren konnte, war die Prüfung meiner Bekleidung bereits abgeschlossen und Herr Schwarz zog mich zum Bock. Dort drückte er meinen Oberkörper nach unten und fixierte mich mit nur einer Hand. Jetzt verstand ich, was gemeint war, wenn in einem Roman vom ‚Niederdrücken mit eiserner Hand' gesprochen wurde. Viel Zeit zum Nachdenken blieb mir aber nicht, denn schon knallte etwas kraftvoll auf meinen Po und entlockte mir ein lautes „Aua!". Gleichzeitig begann ich mit meinem Hinterteil zu wackeln, weil das die einzige Möglichkeit zu sein schien, den plötzlich aufgetretenen brennenden Schmerz zu lindern.

Noch bevor ich mit meinen unbeholfenen Bewegungen etwas erreichen konnte, landete schon der zweite Schlag auf meinem Gesäß, dicht gefolgt von dem dritten.

„Jetzt weißt du, was dir blüht, wenn du dich nicht anstrengst", zischte mir Herr Schwarz ins Ohr.

Dann zog er mich hoch und befahl mir, über den Bock zu springen. Etwas steifbeinig nach den Schlägen ging ich zum Anlauf. Auf dem Weg dorthin ließ der Schmerz auf dem Po nach und wurde von einer ungewohnten, aber angenehmen Hitze ersetzt. Während sich in meinem Magen das flaue Gefühl wegen des bevorstehenden Sprunges ausbreitete, sandte die Hitze des Hinterteils beruhigende Impulse aus. Zudem machte sich im vorderen Teil meines Unterleibs eine andere Reaktion bemerkbar, die mich verwirrte.

Dann musste ich aber meine Gedanken unterbrechen und die Gefühlswelt verdrängen. Der erste Sprung stand bevor, und wie immer verpatzte ich ihn. Herr Schwarz versuchte zwar, mich als Hilfestellung über den Bock zu ziehen, aber da bereits der Absprung vermasselt war, hatte er keine Aussicht auf Erfolg. Wie immer landete ich ziemlich unsanft auf dem Bock, wobei die Genitalien wie üblich den größten Schwung der Landung abfedern mussten. Genau deswegen hasste ich diese Übungen! Sofort bekam ich von Herrn Schwarz Tipps, besser gesagt Anweisungen, wie ich zukünftig zu springen hätte.

Nach weiteren drei Versuchen gab er es erstmal auf. Er beorderte mich zu sich.

„Du stellst dich ziemlich dämlich an. Mir scheint, du brauchst eine kleine Motivationshilfe. Bück dich über den Bock!"

Etwas verwirrt schaute ich ihn an, aber aus irgendeinem Grund ließ mich mein Unterbewusstsein gehorchen.

Kaum hing ich mehr schlecht als recht über dem Bock, bekam zur Strafe für meine schlechte Leistung sechs Schläge mit dem Paddle auf den Po. Die zogen richtig durch! Ob Herr Schwarz jetzt fester als bei den ‚Kennenlern-Schlägen' zuschlug oder ich nach den ersten drei Hieben von vorhin sensibler darauf reagierte, konnte ich nicht ergründen.

Nachdem ich meine erste Strafe verbüßt hatte, musste ich zur Abwechslung auf den ausgelegten Matten Vorwärts- und Rückwärtsrollen üben. Die bekam ich auch ganz gut hin. Bevor ich aber nun den Kopfstand und das Radschlagen üben sollte, ließ mich Herr Schwarz plötzlich gerade hinstellen. Sein prüfender Blick wanderte an meiner Vorderseite auf und ab, dann blickte er mir fest in die Augen, deutete auf meinen Schritt und fragte barsch: „Was ist das da?"

Etwas irritiert schaute ich an mir herunter, und dann sah ich ihn auch: Ein kleiner dunkler Fleck befand sich an der Stelle, wo auch mein Glied war. Durch das Blau der Turnhose hob er sich deutlich ab. Sofort überzog tiefste Schamesröte mein Gesicht.

Herr Schwarz trat dicht an mich heran und zog wieder den Bund der Turnhose zur Seite. Wir schauten beide fast gleichzeitig in meine Hose, wo sich von der Spitze meines Penis deutlich sichtbar ein silbriger Faden zum Innenslip spannte. In der Hose war der Fleck deutlich größer, und ich war überrascht, dass ich davon nichts mitbekommen hatte. Die Schmerzen nach den sechs Hieben und die Nervosität vor der nächsten Übungseinheit hatten mich wohl zu sehr abgelenkt.

Schon ließ sich die Stimme von Herrn Schwarz vernehmen: „Pinkelst du dir vor Angst in die Hose oder macht dich der Sport geil?"

Das Rot meines Gesichts vertiefte sich angesichts dieser deutlichen Worte, sofern ich überhaupt noch weiter Erröten konnte. Schlagartig wurde mir klar, dass keine der von ihm vermuteten Ursachen zutraf. Aber wie sollte ich ihm erklären, dass mir die Schläge mit dem Paddle trotz der Schmerzen wohlige Schauer über den Rücken gejagt hatten? Dass sie in meinem Unterleib eine Hitze entfacht hatten, wie es sonst nur der Anblick der spärlich bekleideten Prostituierten in der Bruchstraße konnte?

„Was ist, antwortest du jetzt bald oder soll ich nachhelfen?" Drohend hob er das Paddle. Dabei wirkte es plötzlich nicht mehr drohend, sondern verheißungsvoll. Ich atmete tief durch, und dann tat ich etwas, was ich nie für möglich gehalten hätte: Ich drehte mich um und bückte mich! Die enge Turnhose spannte sich fest um meine Pobacken, während ich auf der Suche nach einem festen Stand die Beine leicht spreizte. Dann wartete ich.

Die Zeit verging, ohne dass sich etwas tat. Schon verfluchte ich meine ungezogene Reaktion, denn entweder hatte Herr Schwarz die Bitte um mehr Schläge nicht verstanden oder sie sogar als obszöne Geste und Verhöhnung seiner Autorität missverstanden. Dann war mir die ‚Sechs' im Zeugnis sicher.

Ein lauter Knall, dem zuerst eine Schmerzwelle und gleich darauf eine Feuersbrunst folgten, ließ meinen Körper erzittern und brachte mich wegen des recht wackeligen Standes beinahe zum Umfallen.

Gleich darauf wurde ich am Arm gepackt und zum Bock gezerrt, wo mich Herr Schwarz wie schon zu Beginn niederdrückte. Dann ging die Post ab: Das Paddle sauste wieder und wieder herab, knallte laut auf meinem Gesäß auf und entlockte mir immer lauter werdende Schmerzensschreie. An diesem Tag bekam ich zum ersten Mal in meinen achtzehn Lebensjahren mit einem Paddle richtig gründlich und ausgiebig den Hintern versohlt.

Als es endlich überstanden war, zierte ein noch größerer Fleck die Vorderseite meiner Turnhose– ich hatte tatsächlich während der Bestrafung ejakuliert und es vor lauter Schmerzen und wegen der mir unbekannten wollüstigen Gefühle nicht mal bemerkt.

Als ich das Malheur bemerkte, stammelte ich verlegen ein „Tut mir leid" und starrte dabei auf meine Schuhspitzen, während meine Hände wie wild den ordentlich verhauenen Po rieben.

„Kein Problem", ließ sich Herr Schwarz vernehmen, „So etwas macht mir nichts aus. Aber jetzt genug getrödelt, denn du bist nicht zum Vergnügen hier, sondern zur Nachhilfe!" Mit dem Anflug eines Grinsens fügte er hinzu: „Nachhilfe im Fach Sport wohlgemerkt, nicht Biologie!"

Ich muss ihn wie ein Wesen von einem anderen Stern angesehen haben. Mit einer unwirschen Handbewegung und einem Pfiff aus seiner unsäglichen Trillerpfeife trieb er mich wieder zum Anlauf, und die restliche Zeit musste ich abwechselnd Bocksprünge und Rollen am Reck üben. Nach jeweils drei verpatzten Sprüngen oder sechs saumäßigen Rollen bekam ich sechs Hiebe hintendrauf, dann ging es weiter.

Nach einer Stunde war ich ziemlich fertig, denn so viel Sport hatte ich nie zuvor getrieben. Trotzdem war ich wegen der unwirklich erscheinenden Situation und der vielen Schläge geradezu euphorisiert. Herr Schwarz bemerkte das, und machte mir einen Vorschlag: „Da du die Schläge zu mögen scheinst, machen wir es doch mal umgekehrt: Du bekommst für jeden gelungenen Sprung zwölf und für jede gelungene Rolle sechs Hiebe hintereinander. Als Belohnung, statt als Strafe. Na, ist das ein Deal?"

Mein Blick muss ziemlich dümmlich gewesen sein, aber ich nickte automatisch. Möglicherweise üben Belohnungen einen größeren Anreiz auf unser Leistungsvermögen aus als die Angst vor Strafe, vielleicht hatte ich durch die vorangegangenen Übungssprünge aber auch schon genug Routine gesammelt. Wie auch immer, nach einigen weiteren Sprüngen klappte es plötzlich: Ich übersprang zum ersten Mal den Bock! Meine Freude kannte keine Grenzen, und darüber hätte ich fast die Belohnung vergessen. Erst als Herr Schwarz einladend auf den Bock klopfte und das Paddle hob, fiel mir die versprochene Belohnung wieder ein. Wegen der ungewöhnlichen Form der Belobigung näherte ich mich nur zögernd, aber schließlich hatte ich den Bock erreicht und legte mich mit gemischten Gefühlen darüber. Gleich darauf bekam ich meine Belohnung! Zwölf Mal sauste das Paddle kraftvoll herab, färbte meinen Po in ein kräftiges Rot und ließ meinen Körper vor Schmerz, Hitze und Wollust erzittern.

Während der restlichen Zeit meiner ersten Nachhilfestunde im Sport wurde ich noch ein paar weitere Male ‚belohnt'. Die Erfolgserlebnisse setzten sich auch in den anderen Nachhilfestunden fort, und am Ende des Schulhalbjahres prangte eine ‚Vier plus' auf meinem Zeugnis – beinahe hätte es sogar für eine ‚Drei minus' gereicht! Zudem hatte ich etwas Wichtiges über mich selber herausgefunden: Schläge motivieren mich nicht nur, sondern sie tun auch soooo gut!

Charisma

Für einen Sommertag war dieser Mittwochnachmittag entschieden zu trübe. Am Himmel zogen immer wieder große,
dunkel Regenwolken dahin und versperrten dem Licht der
warmen Sonnenstrahlen den Weg. Dem Wetter angepasst
waren nur wenige Menschen auf der Straße, denn jeder be-
fürchtete das Niedergehen eines Regengusses. Mir war das
ganz recht, denn so sahen mich weniger Leute, als ich schnell
in den Erotikshop huschte. Obwohl ich schon oft hier gewesen
war und nichts Anstößiges daran fand, fühlte ich dennoch
immer noch etwas Scham, worüber ich mich später wieder
maßlos ärgern würde.

In dem Laden kannte ich mich wegen meiner vorherigen
Besuche aus und wusste sofort, in welchem Regal ich nach
Spanking- und SM-Magazinen schauen musste. In dieser
Woche war eine neue Lieferung angekommen, und so begann
ich mich durch die Regalreihen zu arbeiten. Dabei sprang mir
so mancher Titel ins Auge und weckte mein Interesse. Sofort
spürte ich diese freudige Aufgeregtheit, wie ich sie immer ver-
spüre, wenn sich die Vorfreude auf neue Texte in mir ausbrei-
tet.

Wie sonst auch begann ich mit den Magazinen. Die Reihen-
folge in dem Regal war die gleiche wie im letzten Monat: Zuerst die SM-, dann die Spankingmagazine. Darunter zwei Rei-
hen mit Büchern, jeweils eine für jedes Genre. Ein El Dorado
für Leseratten wie mich.

Ich hatte mich bereits bis zu den Spankingmagazinen vorgearbeitet und betrachtete gerade ein Heft etwas genauer, als jemand neben mich trat. Da ich mit dem Rücken zur Tür gestanden hatte, war das Eintreten des neuen Kunden von mir unbemerkt geblieben. Anderenfalls wäre er mir sicher sofort aufgefallen, denn seine gesamte Erscheinung war perfekt: Vom Aussehen her erinnerte er mich an einen sehr bekannten und leider viel zu früh verstorbenen Rocksänger, seine Kleidung war leger, ließ aber den sportlichen Körper darunter deutlich erahnen, und sein Verhalten ließ keinen Zweifel daran aufkommen, dass er das Erteilen von Anweisungen gewohnt war, die man selbstverständlich sofort befolgte. Diesen Mann umgab eine Aura, die mich sofort in ihren Bann schlug, als er neben mich trat und kurz die Regalreihe mit den Magazinen musterte. Dann warf er einen unverhohlenen Blick auf das Heft in meiner Hand.

„Hübsche Lektüre", meinte er mit sonorer Stimme.

Normalerweise wäre ich allein schon deshalb vor Scham im Boden versunken, wenn jemand einen Blick auf den Gegenstand in meiner Hand geworfen hätte, und bei einer Ansprache wäre ich sicher tot umgefallen. Aber bei diesem Mann war es unerklärlicherweise anders. Im Gegenteil, es machte mir nichts aus, dass diese Erscheinung sah, für welche Lektüre ich mich interessierte. Trotzdem bekam ich nur ein „Äh, ja, hmhm " heraus, was mir, kaum dass es ausgesprochen war, sehr peinlich war. Aber wem wäre es nicht peinlich, herumzustammeln, wenn klare Sätze gefordert sind!

Der Mann ließ sich nicht anmerken, ob er mein Gestammel verstanden hatte oder ob es ihn belustigt hatte. Stattdessen ließ er mit ruhiger Stimme die Frage: „Aktiv oder passiv?" folgen.

Noch nie hatte ich erlebt, dass Menschen in einem Erotikgeschäft miteinander sprachen, ausgenommen natürlich mit dem Verkaufspersonal. Es schien fast, als ob in den Räumen dieses Geschäftsfeldes ein Schweigegelübde gelten würde, das dieser Mann nun wie selbstverständlich brach. Vor Verblüffung verschlug es mir erstmal die Sprache, die ich erst wieder fand, als er mir direkt ins Gesicht sah und fragend eine Augenbraue hochzog.

Schließlich presste ich verlegen ein „Passiv" zwischen den Zähnen hervor, zum Glück ohne dabei ins Stammeln zu geraten.

Ein leichtes Nicken verriet, dass er die Antwort verstanden hatte. Während er mir das Magazin aus der Hand nahm, fragte er beinahe beiläufig: „Wie oft bist du fällig?"

Zu meinem Schamgefühl gesellte sich jetzt auch noch Schüchternheit, die mich den Blick zur Seite wenden ließ. Was ging es diesen Fremden an, wie oft ich bestraft wurde? Andererseits bewirkte seine Ausstrahlung, dass man ihm mit völliger Selbstverständlichkeit antwortete. Warum, konnte ich damals nicht sagen und kann es auch heute, viele, viele Jahre später, immer noch nicht.

„Ich warte", drang seine Stimme an mein Ohr, nicht wütend oder ungeduldig, eher beiläufig. Trotzdem ging von ihrem

Klang eine unwiderstehliche Kraft aus, die mich ein ehrliches „Selten" antworten ließ. Tatsächlich hatte ich erst vor einem halben Jahr das Spanking für mich entdeckt, und in Ermangelung einer gleichgesinnten Freundin hatte ich zu diesem Zeitpunkt erst zweimal ein reales Spanking bei einer Bordelldomina erlebt. Beim ersten Mal hatte ich, inspiriert von den zuvor gelesenen Geschichten, um den Rohrstock gebeten, aber als ich der Domina gestanden hatte, dass ich Anfänger sei, hatte sie den Stock abgelehnt und zum Teppichklopfer gegriffen, weil ich nach ihrer Meinung noch nicht reif für den Rohrstock gewesen sei und stattdessen langsam ‚aufgebaut' werden müsste. Beim nächsten Besuch nahm sie zuerst wieder den Teppichklopfer, bevor sie im zweiten Teil der Sitzung das Paddle an mir ausprobierte.

Meine Antwort nahm der Mann mit unbewegtem Gesichtsausdruck zur Kenntnis, lediglich ein leichtes Nicken war als Reaktion zu bemerken.

Dann reichte er mir das Heft zurück. Gleichzeitig fragte er: „Was heißt selten?"

Ich erklärte es ihm. Warum ich das tat, ist mir ein Rätsel, aber vielleicht war es meine jugendliche Unerfahrenheit, seine Aura oder die unerwartete Möglichkeit, etwas auszusprechen, dass bislang nur die Domina von mir wusste.

Als ich geendet hatte, nickte er wieder. Dann wandte er sich ab und bewegte sich in den Teil des Ladens, in dem die Kleidung und die Spielzeuge zu finden waren. Ein paar Augenblicke schaute ich ihm nach, dann wandte ich mich wieder den

Magazinen und Büchern zu, ohne mich allerdings richtig auf die Titel konzentrieren zu können. Zu sehr hatte mich das Charisma dieses Mannes in seinen Bann gezogen. Mag sein, dass das für manche Menschen unverständlich klingt, und vielleicht muss man eine solche Situation erlebt haben, um sie verstehen zu können.

Schließlich hatte ich es aber doch geschafft, ein Magazin und drei Bücher auszuwählen. Als ich mich umdrehte und Richtung Kasse gehen wollte, schweifte mein Blick durch den Laden. Ich sah den Mann drüben bei den Schlaginstrumenten stehen. Noch während ich hinüber sah, blickte er in meine Richtung. Als er meinen Blick bemerkte, winkte er mich mit unmissverständlicher Geste zu sich.

Im ersten Moment war ich nicht sicher, ob er jemand anderen meinen könnte, aber nach einem kurzen Rundumblick stellte ich fest, dass nur ich in seiner Blickrichtung stand. Zögernd ging ich zu ihm hinüber.

„Meinen sie… meinen sie mich?"

„Wen denn sonst?", lautete die lapidare Antwort. In der Hand hielt er ein rotes Paddle aus Latex, das mindestens einen halben Zentimeter dick war, und das er mit Kennerblick in seiner Hand abwog.

„Bück dich!"

Verwirrt schaute ich ihn an, aber als seine Augen mich fixierten, blickte ich verlegen zu Boden.

„Warum?", hauchte ich beinahe zaghaft.

„Weil ich das hübsche Teil in meiner Hand testen will", kam es prompt zurück.

„Das...das geht doch nicht", protestierte ich schwach, „hier, mitten im Laden."

„Außer uns ist kein Kunde da und die Verkäuferin hat nichts dagegen. Stimmt's, Sandra?"

Erschrocken fuhr ich herum. Tatsächlich hatte sich die Verkäuferin von der Kasse lautlos zu uns gesellt und stand nun direkt hinter mir.

„Aber nein", säuselte sie an mich gewandt, „der Herr ist ein sehr guter Kunde, und selbstverständlich darf er die Gerätschaften ausprobieren. Die Kleidungsstücke werden ja gewöhnlich auch anprobiert." Ein dienstbeflissenes Lächeln umspielte ihre Lippen.

„Da hörst du es. Also los, zier dich nicht länger und bück dich." Dabei nahm er mir die ausgewählte Lektüre aus der Hand und reichte sie wortlos der Verkäuferin, die sie ebenso wortlos entgegennahm.

Verwirrt schaute ich von einem zum anderen. Wieder zog der Mann seine Augenbraue hoch und strahlte wieder diese Aura aus, die mich so faszinierte. Mit einem raschen Blick in die Runde vergewisserte ich mich, dass wirklich kein weiterer Kunde anwesend war. Dann drehte ich mich langsam um und bückte mich. Trotz des trüben Wetters war es warm, weshalb ich eine dünne Sommerhose über meinem Slip trug. Aber auch eine dickere Hose hätte mir nicht viel genutzt.

Kaum hatte ich mich gebückt, knallte das Paddle auf mein Hinterteil. Der Knall erschien mir ohrenbetäubend, aber der gleich darauf durch meinen Körper rasende Schmerz ließ mich erst mit offenem Mund staunen, bevor ich mit einem lauten „AU!!!!!" auffuhr, während meine Hände nach hinten fuhren und wie wild meine Kehrseite rieben, um den Schmerz zu mildern.

Währenddessen wandte sich die Verkäuferin an den Mann: „Das Ding hat einen ordentlichen Wumms, was? Das liegt an dem höheren Gewicht..."

Mehr bekam ich nicht mit, weil der Schmerz endlich etwas nachließ und sich eine angenehme Hitze auf meinem Gesäß ausbreitete, während wohlige Schauer meinen Rücken hinab liefen.

Ich war so in meinen Gedanken versunken und mit meinen Gefühlen beschäftigt, dass ich erst mitbekam, dass man mit mir sprach, als mich der Mann am Ohr zog.

„He, schlaf hier nicht ein", meinte er, und zum ersten Mal umzuckte seine Lippen ein verschmitztes Lächeln, „Ich habe hier ein neues Instrument zum Ausprobieren gefunden. Also sei artig und bück dich wieder."

Dabei hielt er mir eine Art Fliegenklatsche entgegen. Später sah ich wieder so ein gerät und lernte, dass es sich um eine Gerte mit einer Lederklatsche handelte.

„Bück dich dort drüben über den Tisch, dann kannst du dich abstützen."

Ich tat, wie er gesagt hatte. Gleich darauf traf mich die Lederklatsche, aber nach dem Schmerz des schweren Paddle kam sie mir wie ein Spielzeug vor. Dennoch war sie schmerzhaft genug, mir ein heftiges Stöhnen zu entlocken.

Dem Mann fiel meine Reaktion natürlich auch auf. Wohl um sicherzugehen, dass die Klatsche tatsächlich nicht so schlimm für mich war, zog er sie mir noch zwei weitere Mal über. Die Reaktionen wurden nun heftiger, was sich in lauterem Stöhnen und einem für den Betrachter sicher obszön wackelnden Po äußerte. Dennoch hielt ich die vorgeschriebene Position ein.

Dann entstand eine kleine Pause. Ich nahm an, dass er nun ein drittes Instrument aussuchen würde und fand allmählich Spaß an dem Geschehen, das mich an eine Szene in dem Film ,9 1/2 Wochen' erinnerte. Da noch kein weiterer Kunde den Laden betreten hatte, verharrte ich in der gebückten Position und genoss die nachlassenden Schmerzen und die sengende Hitze.

Meine Ruhepause währte nicht lange. Unerwartet knallte etwas derart heftig auf mein Gesäß, dass ich laut aufschrie und, heftig meinen Po reibend, aufsprang. Es dauerte etwas, bis ich realisierte, das er wieder das schwere Paddle an mir getestet hatte.

Lächelnd wandte er sich an die Verkäuferin: „Das nehme ich. Die Bücher von dem Kleinen bezahle ich auch."

An mich gewandt sagte er: „Danke für deine Hilfe. Wenn du magst, weihe ich das Paddle an dir ein. Magst du?"

Mir lief ein kalter Schauer den Rücken hinunter. Das Ding hatte fürchterlich weh getan, und der Gedanke, damit eine komplette Wucht zu bekommen, machte mir Angst. Aber dieser Mann hatte eine Ausstrahlung, die mich alle Bedenken beiseite wischen ließ. Stumm nickte ich und gab damit meine Zustimmung.

Nachdem er alles, auch mein Magazin und die Bücher, bezahlt hatte, traten wir hinaus in den trüben Sommernachmittag. Er führte mich zum nächstgelegenen Parkplatz, wo er mich in seinen Wagen einsteigen ließ. Während er losfuhr, wurde mir etwas mulmig, denn in der Zeitung stand immer wieder etwas über leichtgläubige Menschen, die entführt, missbraucht und dann ermordet worden waren. Vom Covern hatte ich zu diesem Zeitpunkt noch nichts gewusst, sofern es das damals überhaupt schon gegeben hat.

Schließlich waren wir am Ziel und er parkte seinen Wagen vor einem hübschen Haus in einem Vorort, den ich nicht kannte. Alles an dem Haus und der Nachbarschaft sah sehr gepflegt aus, und es herrschte eine angenehme Ruhe, obwohl die Autos vor den Häusern anzeigten, dass die Nachbarschaft daheim sein musste. Wegen des regnerischen Wetters schien allerdings trotz der angenehmen Temperaturen niemand Lust auf einen sommerlichen Grillabend zu haben.

Wir betraten das Haus, und die Beklemmung in mir wuchs. Der Mann schien das zu bemerken, denn er meinte freundlich: „Entspann dich, es wird nichts geschehen, was du nicht willst."

Dann führte er mich in einen Raum im rückwärtigen Teil des Hauses. Beim Betreten blieb mir vor Verblüffung der Mund offen stehen, denn er beherbergte allerlei Strafmöbel, einen Käfig sowie zwei große Schränke, von denen einer mit einer Vielzahl von Züchtigungsinstrumenten, der andere mit allerlei anderen Gerätschaften wie Handschellen, Ketten, Seilen, Dildos und vielen anderen Spielsachen gefühlt war. Es war ein beeindruckender Anblick.

„Mein Spielzimmer", sagte er lapidar, bevor er mir lächelnd durch sanftes Hochschieben des Unterkiefers den immer noch offenen Mund schloss.

Staunend schritt ich durch den Raum, berührte den Strafbock, ließ die Hand über die von der Decke baumelnden Ketten gleiten, die unter der Berührung in Schwingungen versetzt wurden und leicht zu klirren begannen, als sie bei ihren Pendelbewegungen gegeneinander stießen. Beinahe ehrfürchtig strich ich über das Holz des Andreaskreuzes, bevor ich meine Blicke mit einem leichten Schaudern auf die Schlaginstrumente richtete. Dabei wurde mir bewusst, weshalb ich hier war. Fragend schaute ich zu dem Mann hinüber.

Er hatte mich bei meiner Besichtigungstour nicht gestört und lehnte einfach nur an der Wand. Manchmal schien ein belustigtes Funkeln in seinen Augen aufzublitzen, aber immer nur ganz schwach und sehr kurz. Meine Ehrfurcht vor dem Raum schien ihn zu freuen.

Als ich ihn erneut fragend anschaute, nickte er mir aufmunternd zu: „Du weißt, dass ich das neue Paddle einweihen will?"

Ich nickte stumm.

„Wollen wir anfangen?"

Wieder brachte ich nur ein Nicken zustande, weil die Aufregung mir die Sprache verschlagen hatte.

„Dann zieh dich aus und leg deine Sachen dort drüben auf die Strafbank. Aber leg alles ordentlich ab!"

Zögernd gehorchte ich. Dabei drängte die Frage in mein Gehirn, was ich hier eigentlich tat: Gut, ich liebte Spanking, aber das Paddle, das mich gleich versohlen würde, war schlimmer als alles, was ich bislang kennen gelernt hatte. War ich wirklich schon erfahren genug für solch ein schmerzhaftes Gerät? Außerdem stand ich doch auf Frauen, und das Ausziehen vor der Domina hatte immer so ein erregendes Gefühl in mir ausgelöst, das ich nach der Züchtigung durch das Onanieren vor ihren Augen abschließend genießen durfte. Aber hier? Ich zog mich vor einem Mann aus, der mich züchtigen würde. Okay, nach dem Sport war ich schon oft mit den anderen Sportkameraden nackt im Duschraum oder in der Umkleidekabine gewesen, und im Hallenbad stand ich sogar neben mir unbekannten Männern nackt unter der Dusche. Der Unterschied war nur, dass die mich nicht versohlt hatten – und nichts von mir wollten. Aber hier und heute?

Die Gedanken rasten durch meinen Kopf, während ich Schuhe, Socken und Polohemd ablegte. Beim Öffnen der

Hose musste ich leicht gezögert haben, denn die Stimme des Mannes fragte mitfühlend: „Alles in Ordnung mit dir?"

„Ich...ich weiß nicht", presste ich mühsam hervor und vermied es, ihm in die Augen zu schauen.

„Hast du Angst?"

Stumm nickte ich. ‚Der Sprachverlust scheint heute chronisch zu sein', schoss es mir durch den Kopf.

„Wovor? Vor den Schlägen oder vor mir?"

„Beides", gestand ich.

„Du bist mutig", sagte er, „Kaum jemand wäre mit einem Fremden irgendwohin gefahren. Das war sehr leichtsinnig von dir, aber du hast Glück, denn ich tue dir nichts. Aber in Zukunft solltest du das nicht mehr tun. Verstanden?"

„J...ja, mache ich. Oder besser: Mache ich nicht mehr!"

„Versprochen?"

„Ja, versprochen."

„Gut. Für dein leichtfertiges Verhalten hast du eine Strafe verdient, meinst du nicht auch?"

„Äh...ja, da haben sie...haben sie wohl recht."

„Deshalb werde ich dir mit dem neuen Paddle den Arsch voll hauen, bis er so hübsch rot ist wie das Latex des Paddle."

Dabei hielt er mir das Strafinstrument dicht vor die Nase.

Wieder nickte ich: „O-okay."

„Dann zieh dich weiter aus. Für das, was du dir geleistet hast, kann es nur Schläge auf den nackten Hintern geben."

Ich tat, wie er gesagt hatte. Als ich schließlich vollkommen entblößt vor ihm stand, hielt ich instinktiv meine Hände vor mein Gemächt.

„Nimm die Hände da weg!", befahl er mir in nicht unangenehmen Ton.

Gehorsam nahm ich sie weg und ließ die Arme unschlüssig an den Seiten herunterhängen.

„Verschränk die Arme hinter dem Kopf!", kam der nächste Befehl.

Ob vor Aufregung oder als Folge meiner Unerfahrenheit legte ich die Hände auf den Kopf, aber das war die falsche Haltung. Mit sanftem Druck führte der Mann meine Hände in die Position, in der er mich sehen wollte.

Als ich vorschriftsmäßig stand, umrundete er mich mehrmals, wobei er jeden Zentimeter meines Körpers mit den Augen zu vermessen schien. Mir wurde klar, dass er meine intimsten Stellen genüsslich anschaute. Sofort wurde ich im Gesicht knallrot vor Scham und senkte den Blick auf den Boden vor mir.

„Schämst du dich gerade?"

Ich nickte.

„Sag einfach ‚Ja, Herr' oder ‚Nein, Herr', dann weiß ich, dass du meine Frage verstanden hast. Dein verschämtes Nicken ist zwar niedlich anzusehen, aber ich könnte eines davon übersehen, und das möchte ich nicht. Also gib Laut, wenn ich dich etwas frage. Okay?"

Ich atmete tief durch und nahm meinen ganzen Mut zusammen, bevor ich „ja, okay" hervorpresste.

„Falsche Antwort. Sag ‚Ja, Herr' oder ‚Nein, Herr'. Diese Antwort wird dir die Domina, von der du mir vorhin erzählt hast, doch sicher als erstes beigebracht haben, nicht wahr?"

„Ja,... Herr"

„Na siehst du, geht doch! Schämst du dich noch?"

„Ja, Herr." Meine Stimme schien fester geworden zu sein, und tatsächlich hatte ich das Gefühl, dass mir die befohlenen Antworten immer leichter über die Lippen kamen.

„Du hast einen süßen Po", drang seine Stimme wieder an mein Ohr.

War das eine Frage? Wollte er darauf eine Antwort haben? Ich entschied mich dafür und entgegnete: „Äh...danke, Herr."

Jetzt spürte ich sein Gesicht ganz nah an meinem Ohr: „Wenn ich das Paddle eingeweiht habe, möchte ich dich in den Po ficken. Bist du einverstanden? Wenn nicht, ist das okay, dann bekommst du nur die versprochenen Schläge."

„Äh, was...äh... Herr, ich,...ich weiß nicht..."

„Ich bin sauber und gesund. Außerdem werde ich ein Kondom verwenden. Bist du schon mal anal genommen worden?"

Tief sog ich den Atem ein, bevor ich verneinte.

„Willst du es mal ausprobieren? Das ist jetzt eine Gelegenheit dafür. Du würdest am eigenen Po erfahren, wie es sich für eine Frau hinten anfühlt, wenn du sie anal stößt. Wäre diese Erfahrung was?"

Das war in der Tat ein gutes Argument, denn natürlich träumte ich, angeregt durch die vielen Sexhefte und Pornofilme, davon, eine Frau auf jede erdenkliche Weise zu befriedigen. Da wäre es natürlich schon hilfreich zu wissen, wie es sich anfühlt, damit ich besser auf die Frau eingehen könnte. Aber es mit einem Mann ausprobieren? Ein Dildo würde es doch auch tun, oder? Außerdem : Hier und heute, mit einem Unbekannten?

Er ließ mir Zeit zum Überlegen. Wahrscheinlich wusste er, was gerade in mir vorging. Aber an jenem Tag war alles seit meinem Betreten des Erotikladens irgendwie surreal gewesen, so dass es auf ein weiteres Element nicht mehr anzukommen schien. Also riss ich mich zusammen und krächzte ein heiseres „Ja, Herr, bitte nehmen sie mich!".

„Dann leg dich über den Bock!"

Der Mann dirigierte mich zu dem Strafmöbel und band mir Hände und Füße fest.

„Damit du nicht aufspringst, denn du weißt ja, wie dieses Paddle durchzieht."

Oh ja, das wusste ich, aber mein Bewusstsein hatte es verdrängt. Jetzt, nackt und gefesselt über dem Bock liegend, mit dem erteilten Einverständnis zum Versohlen und Analsex, drang es wieder in den Vordergrund.

Aber für einen Rückzieher war es zu spät! Schon surrte das Paddle durch den Raum und traf mit der gleichen Wucht wie im Geschäft mein Gesäß. Da meine Sommerhose sehr dünn war, schien der Schmerz identisch zu sein, aber das klatschende Geräusch wurde durch die nackte Haut offensichtlich verstärkt. Vielleicht bildete ich mir das aber auch nur ein, denn schon verdrängte die Welle von Schmerz jeden anderen Gedanken, und die unmittelbar darauf folgende Hitzewelle verhinderte die Rückkehr des logischen Denkens. Gleich darauf klatschte das Paddle erneut auf mein Gesäß und ließ mich erneut aufschreien. Mit zunehmender Zahl von Schlägen wurde aus den einzelnen Schreien ein durchgehender ‚Gesang', der mit jedem neuen Hieb anschwoll und nach kurzer Zeit abebbte, dabei aber ein immer höheres Lautstärkelevel erreichte.

Während mein Schmerzgeheul lauter und lauter wurde und mir schließlich dicke Tränen die Wangen und Sturzbäche von Rotz die Lippen hinab liefen, vollführte mein Unterleib einen wahnsinnigen Tanz: Das Gesäß warf ich nach links und rechts in so atemberaubender Geschwindigkeit, dass am Ende das bloße Auge den wackelnden Bewegungen kaum noch folgen konnte. Die Beine zerrten an den Gurten, ebenso die Hände, aber es gab keine Chance auf Befreiung. Der Lendengurt, mit dem mich der Mann sehr schnell zusätzlich fixiert hatte, tat ein Übriges, mein Hinterteil trotz aller heftigen Bewegungen immer im Zielgebiet des niedergehenden Paddle zu halten.

Ich weiß nicht, wie viele Hiebe ich empfing oder wie lange meine Züchtigung dauerte. Aber es war die bis dahin schlimmste Tracht Prügel meines Lebens! Die Schmerzen waren so stark und die Hitze so gewaltig, dass ich nicht mitbekam, wie plötzlich keine Schläge mehr kamen! Erst allmählich registrierte ich die Veränderung, aber wahrscheinlich auch nur deshalb, weil der Mann in mein Gesichtsfeld trat, was er ja unmöglich tun konnte, wenn er mir den Hintern versohlte.

Fragend schaute ich ihn an. Er wischte mir die Tränen weg, die sofort durch neue ersetzt wurden. Dann putzte er mir wie einem kleinen Kind die Nase, wobei er ständig auf mich einsprach. Schließlich verstand ich die Worte: Er redete beruhigend auf mich ein, erklärte mir, dass es vorbei sei. In dieser Position verharrten wir für eine gefühlte Ewigkeit, in der ich langsam wieder zu mir kam und alles um mich herum wieder erkannte: Den Raum, die Einrichtung, den Mann – zumindest soweit, wie es sich in meinem Blickfeld befand.

Schließlich verschwand der Mann aus meinem Blickfeld. Es dauerte etwas, bis ich bemerkte, dass meine Hände nicht mehr an den Bock gefesselt waren. Ich versuchte aufzustehen, was mir wegen der fehlenden Fuß- und Taillenfesselung auch gelang, aber meine Beine fühlten sich wie aus Watte an, und wenn mich der Mann nicht gestützt hätte, wäre ich wohl hingefallen.

Nach einigen weiteren Momenten war ich wieder halbwegs standfest. Der Mann führte mich auf meinen immer noch wackeligen Beinen zu einem Spiegel, in dem ich meinen frisch versohlten Po begutachten konnte. Beim Anblick der knallroten Sitzfläche erschrak ich fürchterlich.

„Das wird in den nächsten Tagen alles grün und blau werden", gluckste der Mann vor unterdrücktem Lachen mit einem dennoch mitfühlenden Ton. Dann hielt er zum Vergleich das

Paddle neben mein Gesäß: „Das Rot des Leders stimmt tatsächlich mit der Färbung deines Hinterns überein, findest du nicht auch?"

„J-ja, Herr", stieß ich hervor.

„Bist du schon bereit für den zweiten Teil?"

Erschrocken fuhr ich zu ihm herum: „Noch eine Wucht? Nein, bitte nicht, das halte ich nicht aus!"

Beschwichtigend strich er mir über den Kopf: „Beruhige dich, es gibt keine Schläge mehr. Es geht um den Analsex."

Es dauerte etwas, bis mir die Erkenntnis dämmerte, wovon der Mann sprach. Aber nach einer solchen Tracht Prügel, wie ich sie gerade als Anfänger empfangen hatte, war es sicher verständlich, dass mein Gehirn noch mit den Schmerzen und der Feuersbrunst auf meinem Po beschäftigt war. Aber dann nickte ich nur: „Ja, bitte, tun sie es."

„Was soll ich tun?", fragte er sanft.

Ich schluckte, aber es war klar, dass er es von mir hören wollte. Also presste ich zwischen plötzlich trockenen Lippen ein „Bitte, Herr, bumsen sie mich" hervor.

Langsam geleitete er mich aus seinem ‚Spielzimmer' hinaus und in einen anderen Raum, ganz offensichtlich das Schlafzimmer. Obwohl ich von der Anstrengung der Züchtigung total verschwitzt und mein Gesicht von Rotz und Tränen verklebt war, führte er mich zu dem großen Bett. Dort musste ich mich mit dem Gesicht zur Bettmitte auf das Bett knien und die Unterarme auf der Matratze ablegen. Die Kühle des Stoffes tat meinen überhitzten Armen sehr gut!

Dann spürte ich, wie der Mann etwas auf meinem Po und in meiner Afteröffnung verrieb. Die pure Berührung durch seine Hand löste trotz der Sanftheit ihrer Vorgehensweise heftige Schmerzen in mir aus, und mehr als einmal zuckte ich unter seinen Berührungen zusammen.

„Was..."

„Gleitgel", lautete die Antwort auf meine unvollständige Frage.

Auch wenn die Berührung meiner Kehrseite durch seine Hand schmerzhaft war, so empfand ich das kühle Gel als überaus angenehm. Beinahe bedauernd registrierte ich irgendwann das Ausbleiben weiterer Berührungen. Stattdessen drang ein leises „Bereit?" an mein Ohr.

Ohne großartig nachzudenken, sagte ich automatisch: „Ja, Herr".

„Bleib ganz locker! Entspann deinen Po, dann gibt es keine Verletzungen."

Gleich darauf spürte ich etwas Großes, Hartes, das gegen mein Poloch drängte.

„Ruhig, lass alles schön locker und entspannt!"

Ich bemühte mich und dann – war er in mir! Langsam schob er sich vor, zog sich ein kleines Stück zurück, um dann ein noch größeres Stück vorzurücken. Seine Hände hielten meine Hüfte umfasst, als er in mich eindrang. Während mein Po noch von den Schlägen des Paddle erhitzt war und immer noch heftig schmerzte, wurde er von dem Glied des Mannes von innen gestopft. Ich stöhnte auf, denn es war einerseits unangenehm, andererseits aber auch ungewohnt, ungewohnt schön, verdorben, schmerzhaft! ‚Das ist er also, der berühmte Lustschmerz', schoss es mir ansatzlos durch den Kopf. Dann gab ich mich dem verdorbenen Spiel hin und lernte an diesem Tag neben einem dicken Latexpaddle auch den Analsex kennen. Die dabei am eigenen Leib gewonnenen Erfahrungen haben es mir später ein ums andere Mal ermöglicht, die Bedenken einer Frau anschaulich zu zerstreuen und ihre Gefühlswelt während und nach den analen Freuden zumindest teilweise verstehen zu können.

Nachdem ich auch diese Erfahrung gemacht hatte durfte ich in dem Haus duschen. Vor dem Anziehen reichte mir der Mann eine Höschenwindel mit den Worten: „Falls du etwas bluten solltest, wegen des Ficks oder wegen der Schläge, ist das ein guter Wäscheschutz."

Ich zog die Windel statt meines Slips an, den ich in die Tüte zu den Büchern steckte. Dann fuhr mich der Mann zum Hauptbahnhof, wo ich ausstieg. Ich wollte noch etwas sagen, aber er winkte nur ab und fuhr davon. Erst später fiel mir ein, dass ich nicht mal seinen Namen wusste. Auch habe ihn nie wieder in dem Laden gesehen oder andernorts getroffen. Die Verkäuferin in dem Erotikladen schien ihn zu kennen, aber ich traute mich nicht, sie nach ihm zu fragen. So ist nur eine Erinnerung geblieben an einen surreal anmutenden Tag und an einen Menschen mit einem Charisma, das ich in diesem Ausmaß nie wieder an jemanden bemerkt habe.

Viermal den Po hingehalten

Nun war es also soweit. Ich stand vor der angegebenen Adresse, und wenn ich klingeln würde, wäre das der Beginn des Spiels. Es würde dann kein Zurück mehr geben, zumindest nicht ohne gewaltigen Ansehensverlust für mich. Ich zögerte etwas, aber dann drückte ich den Klingelknopf. Meine Hand zitterte etwas vor Aufregung und vielleicht auch aus Angst vor dem Kommenden.

Es dauerte nicht lange, und die Tür öffnete sich. Klaus stand vor mir und lächelte mich freundlich an: „Na, hast du dich hergetraut? Ich war mir nicht sicher, ob du nicht doch noch kneifen würdest. Bist du nervös?"

Ich hatte einen großen Kloß im Hals und konnte nicht sprechen, also nickte ich nur. Die Nervosität konnte er mir garantiert ansehen, und dass ich beinahe wirklich gekniffen hätte, brauchte er nicht zu wissen.

Er ließ mich eintreten. Ich kannte sein Haus schon von den vorangegangenen Treffen. Nachdem wir uns anfangs an neutralen Orten zum Kennen lernen getroffen hatten, waren die letzten Treffen bei ihm gewesen, damit ich mich an die Atmosphäre gewöhnen konnte. außerdem bestand hier nicht die Gefahr, dass ein zufälliger Tischnachbar etwas von unserem detailreichen Gespräch mitbekommen würde. Das Thema war in meinen Augen ziemlich heikel, und darüber von Angesicht zu Angesicht mit einem Mann zu sprechen war mir schon peinlich, aber wenn noch Unbekannte zuhören könnten…

Zwar hielt ich mich immer für einen völlig normalen Mann, der auf Frauen steht und gerne Sex hat, allerdings beherrschte mich seit meiner Jugend der Traum von Spanking. Ich mochte es, von einer Frau gedemütigt und gezüchtigt zu werden und hatte dies im Laufe der Jahre auch immer mal wieder erleben dürfen. Allerdings war da irgendwann dieser sehr intensive Traum hinzugekommen, der immer größer wurde und den mir nur ein Mann erfüllen konnte. Allerdings war es mir nicht leicht gefallen, einen Geschlechtsgenossen zu suchen, dem ich vertrauen und mit dem ich die Realisierung meines Traums wagen konnte. Irgendwann hatte ich aber doch all meinen Mut zusammengenommen und auf einer einschlägigen Internetseite eine Annonce aufgegeben. Klaus war einer von mehreren Interessenten, aber schon beim ersten Treffen auf neutralem Boden war eine gegenseitige Sympathie spürbar gewesen, die sich bei den späteren Treffen vertieft hatte. Vielleicht lag es daran, dass er mit seinen achtundsechzig Jahren deutlich älter als ich war und deshalb von mir als väterlicher Freund angesehen wurde, vielleicht war es seine ruhige und entspannte Art, mit der er mich bei unserem ersten Gespräch langsam zum Kern meines Anliegens brachte und Vertrauen entstehen ließ. Es war sicher nicht einfach, aus meinem anfänglichen Herumgedruckse und Gestammel genaueres über meinen Traum zu erfahren. Immerhin hatte ich in der Annonce einige Dinge genannt, so dass er zumindest den groben Rahmen kannte.

Tja, und nach mehreren Treffen und intensiven Gesprächen war ich nun also tatsächlich hier, um meinen verrückten Traum wahr werden zu lassen. Der Zeitpunkt war günstig, denn ich war seit einigen Wochen wieder allein stehend und eine neue Liebschaft war noch nicht in Sichtweite. Beste Voraussetzungen also, um tagelang deutlich sichtbare Striemen mit mir herumtragen und das Erlebte wieder und wieder Revue passieren lassen zu können.

Die Stimme von Klaus riss mich aus meinen Gedanken, das Spiel begann: „Bist du ein braver Junge und hast wie befohlen auf Unterwäsche verzichtet?"

„Ja, Herr!"

„Beweis es!"

Gehorsam zog ich meine Schuhe aus und entledigte mich meines T-Shirts, der Jeans und der Socken. Mehr Wäsche trug ich nicht, denn das Tragen von Unterhemd und Slip hatte mir Klaus für diesen Abend verboten.

„Hände hinter den Kopf!", ertönte das nächste Kommando. Ich wusste, dass er mich jetzt ausgiebig betrachten würde und gehorchte.

„Langsam drehen!"

Ich tat, wie mir geheißen war. Als ich die Drehung vollendet hatte, wollte ich stehen bleiben, aber da kein entsprechender Befehl kam, drehte ich mich in vorauseilendem Gehorsam weiter. Der Abend würde für mich noch sehr anstrengend werden, da wollte ich vorab lieber keine Zusatzstrafe wegen eigenmächtigen Handelns riskieren.

Nach zwei weiteren Drehungen durfte ich innehalten. Klaus trat dicht an mich heran und berührte meinen Körper zunächst an unverfänglichen Stellen. Er ließ sich viel Zeit, meinen Rücken und meine Beine abzutasten, bevor er sich intensiv meinem Po zuwendete. Mit der Hand fuhr er sanft die Pobacken entlang, und es dauerte eine geraume Weile, bevor sein Finger über die Pokerbe strich. Das Gefühl einer fremden und zudem noch männlichen Hand an dieser intimen Stelle machte mich geil und ließ mein Glied wachsen.

Nach einer gefühlten Ewigkeit wanderte seine Hand von meinem Gesäß zur Vorderseite. Dort unterzog er mein Geschlecht nicht nur einer ausgiebigen Untersuchung durch Abtasten, sondern betrachtete jeden Millimeter ganz ausgiebig und aus der Nähe. Er zog sogar eine Lupe aus der Tasche, um die Inspektion noch gründlicher vornehmen zu können. In seiner Hand und unter seinen Blicken pulsierte mein Penis jetzt mit wilder Intensität, aber Klaus wusste genau, wie weit er gehen konnte, um mich bis an die Grenze der Belastbarkeit zu reizen.

„Dein Sack könnte besser rasiert sein", tadelte er plötzlich.

„Was? Aber – ich habe ihn vorhin frisch rasiert."

„Nicht gut genug, das sieht unsauber aus!" Er grinste mich frech an und zog sanft an meinem Schwanz, den er wie selbstverständlich in seiner Hand hielt.

„Was? Das kann nicht sein, ich…"

Weiter kam ich nicht, denn sein Griff wurde plötzlich fester, während er mit sanfter Stimme fragte: „Hast du etwa Widerworte?"

„Äh – nein, nein, ich wollte, ich meine nur..."

„Hör auf zu stammeln und hol den Stock. Sofort!"

Seine Hand ließ mein Glied los und einen gewaltigen Ständer vor mir hertragend holte ich den Rohrstock vom anderen Ende des Zimmers. Klaus hatte einen recht dünnen Stock ausgesucht, der bestimmt fürchterlich beißen würde. Für einen Moment kamen mir Zweifel, ob ich meinen Traum wirklich ausleben wollte. Falls nicht, wäre das der geeignete Zeitpunkt zum Abbruch, aber mein vor Geilheit pochendes Glied ließ mich weitermachen. Es wäre ja auch zu peinlich gewesen, jetzt schon kalte Füße zu bekommen.

‚Reiß dich zusammen', schimpfte ich innerlich mit mir, ‚du hast es so gewollt also zieh es gefälligst auch durch!'

Wenige Augenblicke später überreichte ich Klaus den Rohrstock mit einer tiefen Verbeugung. Ich hatte meine Chance verstreichen lassen, nun nahmen die Dinge ihren Lauf.

Klaus führte mich zu einem breiten Sessel. Bevor ich mich darüber beugen musste, legte er ein gefaltetes Badetuch auf den Bezug, damit ich im Falle des Feuchtwerdens nicht den guten Stoff beschmutzen würde. Dann band er mich fest. Das war so abgesprochen und geschah auf meinen Wunsch, denn ich war mir nicht sicher, ob ich tatsächlich die Disziplin aufbringen und liegen bleiben würde, wenn ich bis an meine Grenze gezüchtigt werden würde. Natürlich konnte ich jederzeit das Codewort rufen und damit die ganze Aktion sofort beenden, aber ob ich dann später noch einmal den Mut aufbringen würde, meinen Traum realisieren zu wollen? Ich hatte Zweifel und deshalb um die Fesselung gebeten, damit die Umsetzung beim ersten Mal klappen würde.

„Na schön", hörte ich Klaus sagen, „dann fangen wir mal an. Als erstes wirst du jetzt deinen Hintern hinhalten, damit der Stock ausgiebig Polka darauf tanzen kann! Aber keine Sorge, ich werde ihn dir vorher schön anwärmen!"

Die Worte waren noch nicht verhallt, da klatschte auch schon seine Hand auf meine Kehrseite. Es tat nicht besonders weh, aber da dem einen Schlag in sehr, sehr kurzen Abständen noch viele weitere folgten, nahm die Hitze rasch zu und gleich darauf schien mein Po in Flammen zu stehen. Der Schmerz dagegen ließ sich ganz gut aushalten, und die vom Gesäß ausgehende Hitze ließ meinen seit der Fesselung zusammengeschmolzenen Ständer wieder erwachen.

Diese beinahe freundliche Behandlung meines Hinterteiles war aber rasch beendet. In meinem Gesichtsfeld erschien der Kopf von Klaus, der mich aufforderte: „So, du Lümmel, und jetzt streck deinen Hintern hübsch heraus, damit der Stock seine Tanzfläche gut treffen kann!"

Obwohl ich plötzlich ein unangenehm mulmiges Gefühl im Magen verspürte, tat ich mein Möglichstes und streckte den Po soweit heraus, wie es die Fesselung erlaubte. Kaum präsentierte ich mein Gesäß auf vorteilhafte Weise, zog mir Klaus den Rohrstock über. Sofort zog ein brennender und mir wohlbekannter Schmerz durch meinen Körper. Es dauerte einen Moment, aber nach einem kurzen Japsen kam mit etwas Verzögerung mein „Aua!". Der Stock hatte wie erwartet fürchterlich gebissen und musste eine schöne Strieme hinterlassen haben.

Klaus gönnte mir jedoch nur eine kurze Atempause, dann holte er wieder aus und ließ den Stock erneut niedersausen. Meine Reaktion wiederholte sich, nur war das Wackeln mit dem Gesäß jetzt etwas intensiver als beim ersten Hieb. Nach dem dritten und vierten Hieb wurde mein Potanz noch heftiger, und nach dem fünften Hieb wackelte mein Hinterteil wie wild herum, während ich gleichzeitig meinen Schmerz hinaus rief. Längst schon hatten die Schmerzen und das Brennen die Lustgefühle überlagert und mein Penis war zu einem winzigen Pimmelchen zusammengeschmolzen.

Klaus schwang meisterhaft den Stock und verstand es, die Schläge so zu platzieren, dass sie bei mir die größte Wirkung hervorriefen. Mit der Präzision eines Uhrwerkes bekam mein Hinterteil rasch ein Striemenmuster eingestanzt, bei dem die Striemen dicht an dicht lagen. Meine Schmerzenslaute wurden immer schriller und gingen schließlich in ein durchgängiges Jaulen über. Längst schon rannen Tränen aus meinen Augen und es dauerte nicht mehr lange, bis ich wie ein kleines Kind hemmungslos heulte.

Hieb auf Hieb ging nieder, aber da Klaus mit seinen Handklatschern die Fläche gut vorgewärmt hatte, konnte ich mehr Hiebe als ohne diese vorbeugende Maßnahme aushalten.

Trotzdem wurde es fast unerträglich und ließ mich wild an den Fesseln reißen. Ohne sie wäre ich schon längst aufgesprungen und wild den Hintern reibend im Zimmer herum gesprungen. Aber so war ich in meiner Bewegungsfreiheit eingeengt und konnte nur versuchen, mit wildem Pogewackel das Brennen zu löschen und die Schmerzen zu mindern, auch wenn diese Maßnahmen ohne jede Wirkung blieben.

„Den Arsch rausstrecken!" kommandierte Klaus, wenn ich meine Kehrseite dem nächsten Hieb durch Wegdrehen oder Anziehen an die Sessellehne entziehen wollte – was angesichts meiner Position und der Fesselung ein vergebliches Unterfangen war, aber ich klammerte mich an jeden noch so kleinen Strohhalm, der eine Form von Linderung versprach. Manchmal streckte ich auf sein Kommando hin den Po vor und hielt ihn gehorsam hin, manchmal nicht. Damit erreichte ich aber nur, dass gelegentlich ein Hieb nicht auf der vorgesehenen Pobacke niederging, sondern besonders schmerzhaft auf meine Schenkel traf.

„Selber schuld, halt eben still und streck den Arsch raus!", schimpfte Klaus in solchen Momenten. Ich wusste, dass er Recht hatte, aber wenn man gerade hart gezüchtigt wird, ist es mit dem logischen Denken nicht sehr weit her, das Gehirn ist mit dem Verarbeiten der Schmerzfluten ausgelastet und kann sich nicht mit anderen Dingen beschäftigen.

Nach unzähligen Hieben veränderte Klaus die Intervalle. Die Abstände zwischen den einzelnen Streichen wurden etwas größer, was ich in meiner Pein aber nicht registrierte und mir erst im Nachhinein bewusst wurde. Mein Gejaule war zu einem unartikulierten Stöhnen und Jammern abgeschwollen, meine Stimme klang heiser und mein Gesicht war tränennass.

Ich hatte keine Ahnung, wie viele Hiebe ich schon bezogen hatte, aber Klaus inspizierte immer wieder meine Kehrseite

„Ein paar Schläge kannst du noch vertragen", meinte er stets nach erfolgter Prüfung.

„Oh, bitte, bitte, nicht noch mehr!", bettelte ich dann meistens.

Seine Antwort kam prompt und fiel wie abgesprochen aus: „Ich entscheide!"

Dann setzte er die Züchtigung fort, ließ mir aber mehr und mehr Zeit, die Hiebe zu verdauen. Erst wenn ich mich halbwegs beruhigt hatte, setzte es wieder etwas.

Als mein Stöhnen immer leiser wurde und die Tränen schließlich von selbst versiegten, hatte er ein Einsehen. Nach zwei letzten kräftigen Hieben quer über mein Gesäß beendete er den ersten Teil unseres Spiels. Ich hatte es tatsächlich überstanden!

Klaus band mich los und stützte mich, denn meine Beine wollten mich einfach nicht mehr tragen und klappten einfach so weg. Er führte mich in sein Schlafzimmer und dirigierte mich zum breiten Bett, wo ich mich lang ausgestreckt auf den Bauch legen durfte. Noch immer hallten die Schmerzen der vielen Hiebe nach, aber ich verspürte auch eine enorme Zufriedenheit, diesen Teil durchgehalten zu haben! Ich war mehrmals ganz kurz davor gewesen, das Codewort zu rufen, aber mein Vertrauen in Klaus hielt mich jedes Mal davon ab. Zu Recht, wie ich nun wusste.

Klaus gönnte mir eine ausgiebige Erholungspause, die ich nach dieser extrem harten Tracht Prügel dringend nötig hatte. Ganz so schlimm hatte ich es mir in meinen Träumen nicht vorgestellt, aber darin ist ja immer alles viel einfacher und weniger schmerzhaft als es sich dann in der Realität anfühlt.

Nach einigen Minuten der Ruhe versuchte er mich zu trösten: „Den ersten Teil hast du hinter dir! Das war der mit Abstand das Schlimmste von allem! Jetzt kommt schon der zweite Teil, der wird für dich ungewohnt sein, aber bei Weitem nicht so schlimm wie die Züchtigung! Du hältst dich sehr tapfer!" Dabei strich er mir zärtlich über den Kopf, was ungemein gut tat. Mit einem zaghaften Lächeln bedankte ich mich, was angesichts meines verheulten Gesichts sicher komisch ausgesehen haben muss.

Klaus ließ mich noch ein paar Minuten ruhen, dann zog er sich aus. Ich wusste, dass das der Auftakt zum zweiten Teil war und richtete mich mental darauf ein. Gleich darauf hörte ich Klaus' Stimme: „Komm, es ist Zeit für dich, den Hintern das zweite Mal hinzuhalten. Also lieg da nicht so faul herum, sondern geh auf alle Viere und leg den Oberkörper auf dem Bett ab!"

Stöhnend richtete ich mich auf. Nur mühsam unterdrückte ich die Versuchung, mit Hilfe des großen Spiegels am Wandschrank einen Blick auf meine Kehrseite zu werfen, aber der Anblick der vielen Striemen hätte mich wahrscheinlich geschockt, weshalb mir Klaus immer eingeschärft hatte, erst nach Abschluss des Spiels hinzuschauen.

Ich unterdrückte also den Impuls und nahm die angewiesene Position ein. Gleich darauf spürte ich eine Hand auf meinem Hinterteil, die etwas Kühles verteilte. Das Kühle war nicht unangenehm, aber die Berührung durch die Hand war trotz aller Vorsicht und Sanftheit überaus schmerzhaft. Mein striemenübersätes Gesäß war jetzt sehr empfindlich, so dass ich bei jeder kleinen Berührung zusammenzuckte. Irgendwie lernte ich aber mit dem Schmerz umzugehen, danach konnte ich die Kühle auf meiner brennenden Kehrseite als ausgesprochen wohltuend empfinden. Ja, ich genoss es geradezu!

Zudem beruhigte mich Klaus' Stimme, der zu mir wie zu einem kleinen Kind sprach: „Ganz ruhig, das tut dir nicht nur gut, sondern muss auch für den zweiten Teil sein. Ich versuche, dir beim Auftragen nicht wehzutun, aber dein hübsch versohlter Arsch ist ziemlich wehleidig. Reiß dich ein wenig zusammen, die Kühle tut dir nur gut."

Ich registrierte, dass sich seine Einreibung schließlich auf meine Poritze und meinen Hintereingang konzentrierten.

Schließlich war er mit seiner Tätigkeit fertig und meinte: „So, das dürfte mehr als genug sein. Nun ist alles für den zweiten Teil bereit. Streck schön deinen Arsch heraus, dann geht es los!"

Sein Hinweis auf den zweiten Teil ließ mich wohlig erschauern, denn nun würde er mich anal nehmen. Ich war noch nie von einem Mann in den Hintern gebumst worden, hatte aber schon zwei Frauen auf diese Weise beglückt. Da es ihnen ungemein gefallen hatte, wollte ich das Gefühl auch einmal haben. Ich hatte keine Ahnung, woher dieses Gelüst kam, aber es war plötzlich da und nistete sich hartnäckig in meinem Kopf ein. Ich hatte nach dem Lesen einiger Bücher zum Thema Analsex mit einem Dildo an mir herumgespielt, aber irgendwann wollte ich einen richtigen Schwanz in mir spüren. Als ich mich mit diesem Gedanken anzufreunden begann, kam der Wunsch auf, nach einer harten Züchtigung von meinem Erzieher gleich nach der empfangenen Wucht in den Hintern gebumst zu werden. Ein verrückter Gedanke, aber Träume sind ja oftmals etwas skurril.

Jetzt war es also soweit – mein Hintern war von Striemen übersät und tat höllisch weh, mein Poloch war dick mit Gleitcreme eingerieben und in wenigen Momenten war es soweit und ein Mann würde mich penetrieren. Bei dem Gedanken stöhnte ich kurz auf, während Klaus meine Hinterbacken vorsichtig auseinander zog. Der zweite Teil sah Analsex vor, aber er wollte mir keine zusätzlichen und unnötigen Schmerzen auf Grund der Züchtigung mit dem Rohrstock zufügen.

Gleich darauf spielte seine Eichel mit meiner Hinterpforte.

„Lass schön locker, dann geht es ganz leicht", versuchte er mir Mut zu machen. Das war sehr einfühlsam von ihm, aber vor Aufregung verkrampfte ich dennoch.

Klaus spürte das sofort und streichelte meinen Rücken. Dabei redete er beruhigend auf mich ein. Seine sanfte Stimme zeigte schließlich Wirkung, und da alles, was hier und heute geschah, mein eigener Traum war, atmete ich tief durch und schaffte es, ruhig zu werden. Sofort entspannte sich die Muskulatur, auch an meinem Anus.

Klaus spürte, wie ich gelöster wurde und unternahm einen neuen Anlauf. Ich bemühte mich, während der gesamten Zeit alle Muskeln locker zu lassen, was mir immer besser gelang. Schon fühlte ich seine Eichel wieder an meinem Hintereingang, spürte zunächst sein langsames Eindringen, das gemächliche Öffnen meines Poloches - und dann glitt seine Eichel vorsichtig in mich hinein. Er verharrte kurz, um mir Zeit zu geben, mich an die Situation zu gewöhnen. Sein Schwanz fühlte sich riesig an und anfangs tat es auch recht weh. Angesichts des ungewohnten Gefühls konzentrierten sich all meine Sinne auf meinen Darm, so dass ich das Gefühl für Zeit und Raum verlor. Anfangs war ich wohl geradezu orientierungslos. Klaus wartete geduldig ab, und erst als er merkte, dass ich mich langsam daran gewöhnte, gestopft zu sein, schob er langsam immer mehr von seinem Speer in meinen Darm hinein.

„Oh, das…das ist unangenehm, er ist zu groß, ich bin zu eng", jammerte ich beim Vordringen seines Gliedes.

„Das wird schon, es wird dir gefallen, wart es nur ab!" Klaus zog seinen Ständer etwas zurück, aber gleich darauf fuhr er wieder in mich hinein, diesmal ein kleines Stück weiter als vorher. Unter meinem Stöhnen wiederholte er diesen Vorgang wieder und wieder, bis sein Schwanz schließlich ganz in mir drin war. Ich hatte den Eindruck, dass mein Darm wegen der ungewohnten Füllung gleich platzen und durch die Benutzung einreißen würde!

Dann begann mich Klaus zu penetrieren! Vor und zurück stieß sein Lustspeer und ich fühlte, wie sein Hodensack bei jedem Stoß gegen meine Schenkel klatschte – ein ungewohntes und zugleich erregendes Gefühl! Ich wurde jetzt tatsächlich von einem Mann gefickt! Dieser Gedanke sowie das Gefühl in meinem gestopften Darm ließen mich geil werden, wenngleich das ebenfalls von meinem Anus ausgehende unangenehme Gefühl ebenfalls um ein Vielfaches zunahm und noch dadurch verstärkt wurde, dass seine Lenden beim Aufprall auf mein Gesäß die Striemen trafen. Mein gerade erst hart gezüchtigter Hintern reagierte mit neuerlichen Schmerzwellen. Alle schönen und unschönen Empfindungen zusammen bildete eine brisante Mischung, in der für mich das ungemein erregende Empfinden schließlich überwog, ein Empfinden, das ich in dieser Intensität bislang nicht gekannt hatte!

„So fühlt sich eine Frau, wenn sie von einem Mann in den Hintern gefickt wird!", rief Klaus, „Du bist jetzt in der Rolle der Frau und ich bumse dich in den siebten Himmel! Spürst du meinen Schwanz in deinem Arsch, fühlst du, wie gut er sich anfühlt, wie gut er dir tut?"

Klaus schien sich selbst anzufeuern, aber das musste er auch. Von mir kamen nur Rufe wie „Ah!", Oh!" und „Aua!" Nicht nur, dass ich das Gefühl hatte, dass er gleich meinen Darm zerreißen würde, wollte mein Kopf unbedingt, dass ich seinen Schwanz wie eine Kackwurst aus meinem Hintern herausdrückte. Gleichzeitig genoss ein anderer Teil meines Kopfes den Analfick mit einem richtigen Schwanz, was sich ungleich besser und viel schöner als mit einem Dildo anfühlte. Das Klatschen seiner Lenden auf meine heftig verstriemte Kehrseite ließ Lichtblitze voller Schmerz und Ekstase zucken, jede Berührung der Striemen löste Wellen von Schmerz und etwas kleinere Lustwellen aus, die sich mit den Empfindungen des Analficks verbanden und mich in ein Wechselbad der Gefühle von Schmerz und Lust beförderten, die schließlich in purer Begierde und Ekstase mündete! Längst schon hatte ich einen gewaltigen Ständer und hätte zu gerne an mir herumgespielt, aber dazu kam ich nicht, weil mich Klaus viel zu gekonnt nagelte und ich angesichts seines Ritts unfähig war, meine Bewegungen zu koordinieren. Ich war Wachs in seinen Händen, war einfach nur seine Stute, die sich von ihrem Herrn besteigen ließ.

Seine Stoßbewegungen wurden nach einiger Zeit immer heftiger! Vor und zurück, vor und zurück fuhr sein Schwanz, wieder und wieder! Seine Hände hielten meine Hüften umklammert oder fuhren über meinen Rücken, während sein Hammer meinen Mastdarm weitete und ausfüllte.

Es dauerte nicht lange, und alle von dem Fick und den Begleitumständen verursachten Schmerzen verwandelten sich bei mir in pure Lüsternheit, eine nie gekannte Geilheit überkam mich. Ich genoss die Bohrung in meinem Hintern in vollen Zügen, selbst das Aufprallen seiner Lenden auf meine frisch verstriemten Hinterbacken steigerte jetzt meine wilde Gier nach Sex, heizte sie sogar noch an.

Klaus nagelte mich jetzt wie ein Wilder, aber plötzlich hielt er mitten in der Bewegung inne, zögerte etwas – dann war es soweit: Heftig zuckend schoss ein gewaltiger Schwall heißer Flüssigkeit in meinen Darm, überflutete mein Inneres. Wieder und wieder zuckte sein Schwanz tief in mir drin, eine Fontäne nach der anderen lud er in mir ab.

‚Er spritzt tatsächlich in mir ab!', ging es mir durch den Kopf, und während ich die Vorgänge registrierte, empfand ich ein ungeahnt großes Glücksgefühl!

Gemessen an der Menge von Geilschleim hatte er wohl schon etwas länger keusch gelebt, denn es brauchte etliche Stöße, bis er sich entladen hatte. Er wartete, bis auch der letzte Tropfen seines Saftes in mir gelandet war. Erst als seine Eier wirklich leer gepumpt waren, zog er sein Glied mit einem leisen ‚Plopp' aus mir zurück. Trotz aller Freude über das Erlebte und der davon ausgelösten Lüsternheit quittierte ich die Schwanzlosigkeit meines Gesäßes mit einem erleichterten Seufzer.

Damit war der zweite Teil unseres Spiels beendet, aber das Ende meiner Behandlung war noch lange nicht erreicht.

Klaus gönnte mir wieder eine Pause, die aber nicht sehr lange währte. E verkündete mir lächelnd und mit viel Wohlwollen in der Stimme, dass ich den zweiten Teil überstanden hätte, aber nun meinen Po unbedingt ein drittes Mal hinhalten müsse.

„Dein Hintern ist voller Sperma, das mir gehört. Du darfst es unmöglich behalten", belehrte er mich. Mit einem Lachen fügte er hinzu: „Wir wollen ja nicht, dass du ungewollt schwanger wirst, gell? Also muss alles so schnell wie möglich aus dir raus!"

Offensichtlich betrachtete er mich inzwischen als Frau und ließ sich von meiner Riesenerektion nicht in dieser Vorstellung stören. Aber das war in Ordnung, gemäß unserer Abmachung konnte er mich als das sehen, was er wollte. Jede noch so demütigende Bezeichnung wäre vollkommen in Ordnung gewesen, das sah unsere Abmachung so vor.

Wieder dauerte es ein paar Minuten, bis ich halbwegs sicher auf meinen Beinen stehen konnte. Klaus führte mich ins geräumige Badezimmer, wo er bereits vor meiner Ankunft eine Liege aufgebaut hatte. Auf diesem Möbelstück musste ich nun auf alle Viere gehen. Als nächstes verlangte er, dass ich meinen Oberkörper etwas absenkte, wodurch mein Hinterteil noch besser herausgestellt wurde. Im Grunde hatte ich die gleiche Position wie vor dem Analfick eingenommen, nur dass das Badezimmer weniger Gemütlichkeit als das Schlafzimmer ausstrahlte.

Lange konnte ich aber nicht über die Atmosphäre nachdenken, denn schon hörte ich seine Stimme: „So, Süße, jetzt werde ich deinen Hintern reinigen! Du kriegst ein hübsches Klistier verabreicht, damit das ganze Sperma herauskommt und du in deinem Hintern wieder schön sauber bist! Aber keine

Sorge, weil es für dich das erste Klistier ist, nehme ich weniger Flüssigkeit als normal, das wirst du gut aushalten können."

Gleich darauf wurden meine Pobacken auseinander gezogen und mein hinteres Loch mit Gleitcreme eingerieben, zum zweiten Mal an diesem Tage Die Behandlung war ja jetzt nicht mehr neu für mich und langsam gewöhnte ich mich an die Kühle der Creme. Auch die unvermeidlichen Berührungen der eincremenden Hand mit meinem versohlten Hintern empfand ich nicht mehr als so schlimm.

Allerdings dauerte das Eincremen diesmal nicht ganz so lange wie vor dem Analfick, denn schon erklang wieder seine Stimme: „So, hier kommt das Mundstück..."

Gleich darauf fühlte ich etwas Kaltes in mich hineingleiten. Es schien kein Ende nehmen zu wollen und erst, als es eine gefühlte Fingerlänge tief in mir steckte, hörte das Stopfen auf.

„Tief einatmen und entspannen", flüsterte mir Klaus zu, „dann lässt es sich leichter ertragen."

Er überzeugte sich nochmals, dass alles in der richtigen Position war, dann raunte er mir zu: „Achtung – ich drehe jetzt den Sperrhahn auf. Aber keine Sorge, es sind nur zwei Liter, die werden dich auf keinen Fall überfordern!"

Bevor ich etwas erwidern konnte, spürte ich das Hereinströmen des Wassers in meinen Darm. Ganz am Anfang war das nicht unangenehm, aber schon nach kurzer Zeit nahm der Druck auf meine inneren Organe zu. Der Körper wollte das Wasser sofort abstoßen, wie er zuvor den Schwanz herausdrücken wollte, aber er konnte es nicht, stattdessen lief immer mehr Wasser nach. Der Druck wurde schlimmer und schlimmer, er löste sogar Schmerzen bei mir aus, was mich immer mehr aufstöhnen und lautstark jammern ließ.

Klaus war jetzt ganz der strenge Erzieher: „Du Hure!", schimpfte er, ganz in seiner Rolle aufgehend, „Wenn du bei einem Mann die Beine breit machst und dich wie eine Nutte bumsen lässt, muss ich dich reinigen, oder willst du dumme Gans schwanger werden? Anständigen Mädchen bleibt diese Tortur erspart, aber du musstest dich ja wie eine wilde Sau aufführen, also heul hier nicht herum und ertrag die Folgen!"

Der Druck in meinem Inneren nahm stetig zu, und schon liefen mir wieder Tränen übers Gesicht.

„Ja, heul nur, das hilft dir jetzt auch nicht weiter! Wer sich ficken lässt, muss anschließend klistiert werden. Also ertrage die Behandlung und nimm die läppischen zwei Liter auf wie eine erwachsene Frau!"

Ich wollte antworten, sagen, dass das alles zuviel für mich sei, aber es kam kein Wort über meine Lippen, der Körper war zu sehr von anderen Dingen abgelenkt. Mein Bauch fühlte sich schon wie ein aufgeblasener Ballon an.

Mit jeder weiteren Sekunde wurde meine Lage schlimmer und ich war erneut drauf und dran, das Codewort zu sagen, was den sofortigen Abbruch zur Folge gehabt hätte. Einzig das Vertrauen, dass Klaus mich niemals überfordern und verletzen würde und er bisher sehr viel Rücksicht und Besonnenheit gezeigt hatte, hielt mich davon ab, aber ich war nur noch millimeterweit von seinem Gebrauch entfernt.

Gerade, als ich in Gedanken das Codewort formulierte und ausrufen wollte, fielen die erlösenden Worte: „Alles drin! Das war's!" Ich konnte mein Glück kaum fassen, und auch wenn meine Lage sich nicht wirklich gebessert hatte, motivierten mich diese zwei kurzen Sätze ungemein. Jetzt wollte ich den Rest des Spiels auch noch schaffen, denn das Schlimmste lag jetzt definitiv hinter mir.

Klaus half mir beim Aufstehen von der Liege und führte mich mit dem Mundstück im Poloch zur Toilettenschüssel. Ganz langsam stakste ich von ihm gestützt zur Schüssel, auf der er mich vorsichtig platzierte.

„So, das sieht jetzt sehr gut aus!", lobte er, „Ich zähle bis ‚Drei', dann ziehst du das Mundstück aus dir heraus und entleerst dich. Aber pass auf, dass du nicht kleckerst!" Als er meinen verkrampften Gesichtsausdruck sah, strich er mir über den Kopf und fügte hinzu: „Nur Mut, gleich ist es überstanden!"

Ich sah ihn gequält an. Er hatte ja gut Reden, denn in meinem Bauch gluckerte es und am Darmausgang drückte eine gewaltige Wasserfront gegen das Mundstück, nicht bei ihm.

Er drückte mir einen Kuss auf die Stirn, dann zählte er: „Achtung, es geht los – Eins, Zwei, Drei…"

Bei ‚Drei' zog ich vorsichtig aber doch eilig das Mundstück aus meinem Poloch. Kaum war das Hindernis entfernt, schoss eine übel riechende Brühe wie ein Wasserfall aus meinem Hintern und rauschte in die Toilettenschüssel Es schien kein Ende zu nehmen, aber der Druck in meinem Inneren nahm in

Windeseile ab. Dafür breitete sich im gesamten Badezimmer ein sehr übler Gestank aus. Klaus betätigte mehrmals die Toilettenspülung, um die Ursache des Geruchs möglichst rasch zu beseitigen und öffnete das Fenster, aber die Duftwolke hielt sich hartnäckig.

Endlich war ich leer! Das war für mich das Entscheidende, nun fühlte ich mich völlig erschöpft, aber glücklich. Erst jetzt nahm ich selber den üblen Geruch wahr, bis dahin war ich so mit mir und meiner Entleerung beschäftigt gewesen, dass ich ihn nicht bemerkt hatte.

Klaus gönnte mir eine etwas längere Ruhepause, während der ich einfach nur auf der Kloschüssel saß. Irgendwann meinte er aber: „Mach dich sauber! Ich habe dir alles hingestellt, du kannst ausgiebig duschen."

„Ja, Herr!", erwiderte ich erschöpft, aber mit Dankbarkeit in der Stimme.

Umhüllt von einer glücklicherweise langsam abnehmenden Duftwolke wankte ich zur Dusche. Klaus beobachtete mich, um zu sehen, ob ich soweit gefestigt war, dass ich alleine zurechtkommen würde. Erst als er sich davon überzeugt hatte, zog er sich zurück. Ich war alleine im Badezimmer.

Als erstes stellte ich mich vor den Spiegel und drehte mich solange, bis ich einen halbwegs guten Blick auf mein Gesäß hatte. Es zeigte eine Vielzahl von Striemen, die mich im ersten Augenblick erschreckten, aber das hielt nicht lange an. Der Schreck wich dem Stolz, dass ich diese Wucht mit dem Stock überstanden hatte und auch alles andere, was der Züchtigung folgte. Ein ungeahntes Glücksgefühl durchströmte mich und trotz der nun deutlich spürbaren bleiernen Müdigkeit richtete sich mein Glied zaghaft auf. Rasch ging ich unter die Dusche und machte von ihr ausgiebig Gebrauch. Es dauerte eine ziemlich lange Zeit, bis ich mich wieder sauber fühlte. Auf ein Spielen mit meinem Penis verzichtete ich allerdings, denn das warme Wasser machte mich schläfrig und dieses Gefühl überdeckte rasch meine Geilheit.

Nachdem ich mich abgetrocknet und meine Kehrseite nochmals ausgiebig im Spiegel betrachtet hatte, begab ich mich zurück ins Wohnzimmer. Ich war immer noch nackt, denn der letzte Teil des Spiels stand ja noch aus.

Von Klaus wurde ich bereits erwartet und freudig begrüßt: „Ah, da bist du ja wieder! Wurde aber auch Zeit, ich habe mir schon Sorgen gemacht!"

„Tut mir leid, Herr, ich wollte mich nur gründlich reinigen – und habe nebenbei das warme Wasser genossen."

„Das sei dir auch gegönnt, du hast heute schließlich einiges mitgemacht. Ob du aber sauber bist, werden wir gleich feststellen. Los, knie dich auf das Sofa und streck hübsch brav den Hintern raus. Ich werde dich jetzt peinlich genau auf Sauberkeit untersuchen und wehe, wenn ich Schmutz finde!"

Gehorsam, aber innerlich heftig aufseufzend gehorchte ich. Klaus ging erst mehrmals auf und ab, wobei er Blicke auf mein Gesäß warf. Dann trat er näher und zog meine Pobacken auseinander, um mein Poloch besser begutachten zu können, wobei er zeitweise auch wieder die Lupe zur Hilfe nahm.

Schließlich ließ er alles los und zog sich einen weißen Handschuh über eine Hand.

„Los, zieh deine Arschbacken auseinander, damit ich das Loch besser kontrollieren kann!" Als ich etwas zögernd nach meinen Hinterbacken griff, raunzte er mich an: „Na los, das geht auch schneller, wir wollen schließlich fertig werden!"

Jetzt beeilte ich mich, der Anweisung nachzukommen. Kaum lag das Poloch offen und ungeschützt vor ihm, fingerte er an der Öffnung herum, fuhr mit den Fingern die Pokerbe mehrmals hinauf und hinunter, wobei er auch immer wieder meine verstriemten Hinterbacken streichelte. Die Berührungen waren sanft, beinahe zärtlich, aber sie ließen mich auch ein ums andere Mal schmerzhaft zusammenzucken.

Zum Abschluss der Inspektion bohrte mir Klaus einen behandschuhten Finger in den Hintern. Nicht den ganzen Finger, aber doch einen spürbaren Ansatz. Er bewegte ihn etwas hin und her, bevor er ihn wieder herauszog. Er betrachtete den Finger ausgiebig und hielt ihn sich unter die Nase. Er schnupperte aufmerksam daran und verzog etwas das Gesicht: „Na ja, ganz so sauber wie es sein sollte, ist dein Loch nicht. Dafür sollte ich dir mit dem Rohrstock den Hintern versohlen, aber angesichts seines Aussehens lasse ich das mal. Vielleicht sollte dir der Gürtel auf den Schenkeln Sauberkeit einbläuen, aber da du heute ziemlich viele neue Eindrücke gesammelt hast, lasse ich ausnahmsweise Gnade vor Recht ergehen. Aber beim nächsten Mal wirst du dafür den Hintern ein fünftes

Mal hinhalten müssen, zumindest aber die Schenkel! Merk dir das!"

Mit dieser Ankündigung war die Inspektion meines Poloch abgeschlossen. Aus Sicherheitsgründen musste ich für den Fall, dass doch noch etwas feuchter Schmutz aus meinem Darm nachlaufen würde, eine Höschenwindel anziehen, darauf bestand Klaus. Ich kam mir damit ziemlich dumm vor, aber später sollte ich erkennen, wie weitsichtig er war, denn zu Hause fand ich tatsächlich einen etwas größeren Schmutzfleck in der Windel.

Mit dem Anlegen der Windel und dem überziehen meines T-Shirts war das Spiel beendet. Ich hatte tatsächlich meinen verrückten Traum ausgelebt und vor allem: Ich hatte alles überstanden! Tatsächlich hatte ich zu Beginn des Spiels große Zweifel gehabt, dass ich durchhalten würde und war davon überzeugt, mittendrin abbrechen zu müssen. Klaus hatte sich aber sehr gut vorbereitet und mir meine Lage erleichtert, so gut er das im Rahmen des Spiels konnte. Dafür bin ich ihm auch heute, Jahre später, noch sehr dankbar. Wiederholt haben wir das Spiel nicht mehr, auch wenn wir des Öfteren über eine Wiederholung gesprochen haben. Vor längerer Zeit haben sich unsere Wege getrennt. Dennoch denke ich immer wieder gerne an die intensive Erfahrung mit ihm zurück, bei der ich viermal den Po hingehalten habe. An diesem Abend aber kuschelte ich mich voller Dankbarkeit in seine Arme und genoss das Gefühl meines realisierten Traumes.

Ebenfalls von I. DIGAS lieferbar:

Es tanzt der Gelbe Onkel

Stöckchenreime und Lehrgedichte für Spankingfreunde,

ISBN 978-3-7347 7254-2

Strenge Frauen und ihre Männer

Spankinggeschichten über dominante Frauen

ISBN 978-3-7519-2154-1

Erziehe mich mit Strenge

Spankinggeschichten über dominante Männer und ihre

Frauen

ISBN 978-3-7519-5906-3

O du Schmerzhafte

Weihnachtliche Spankinggeschichten

ISBN 978-3-7526-2716-9

Bücher befreundeter Autoren:

Andy Daring

Es dirigiert die Peitsche
Bitter-süße SM-Poesie
ISBN 978-3-7460-9213-3

Gedanken über den Sadomasochismus
Essays zum Thema BDSM
ISBN 978-3-7519-8327-3

Gerhard Devmann

Meine gesammelten Werke
Essays und Geschichten zum Thema BDSM
ISBN 978-3-7519-3589-0